JN035569

翼あるもの

HIRANO Ryoko
平野亮子

文芸社

はじめに

私は幼い頃から絵を描くことが好きでした。学生時代は美術部に所属し、卒業後も先生について絵を習っていました。しかし十年ほど前、病が原因で絵を描くことができなくなってしまいました。

ある日、古い日記帳を見つけました。それには、一九八一年から一九八三年の三年間に、美術の先生方をはじめ、漢方薬剤師や宗教家の先生方からいただいた言葉が書き留められていました。なぜ、当時、それらを残しておこうと思ったのか、実ははっきりとは覚えていません。

しかし、今改めて読み返してみると、先生方からの時に厳しく時に温かい言葉は、様々なことに悩みながら絵と向き合っていた私にとって大きな支えとなっていたこと、さらにそれら言葉の数々が私自身の人生の糧となっていたことに気づきました。

そして、青春の思い出であり、これからの私にとっての人生訓ともなる言葉たちを、きちんとまとめておきたい、と思い、書籍として刊行することにいたしました。

ただ、四十年以上も前の記録であり、当時の先生方へのご連絡は難しいため、本書内では仮名での記載とさせていただいておりますことをご了承ください。

目次

はじめに　3
1981年　9
1982年　21
1983年　141

主な登場人物（職業、所属等は一九八一年から一九八三年当時のものです）

O先生　画家、一陽会会員、油絵の先生、武蔵野美術大学卒業
S先生　漢方薬剤師
N先生　宗教家　教師補
K先生　画家、東京芸術大学大学院修了、新制作家協会会友。デッサンと油絵を習う。
K師　宗教家　管主
H先生　画家、国画会会員
M先生　画家、心象展会員、武蔵野美術大学卒、油絵の先生
Yさん　文学館時代からの友人、OL
Aさん　文学館時代からの友人、シンセサイザー、キーボード奏者
KM先生　画家、武蔵野美術大学卒、絵画団体元代表

ＨＳ先生　春陽会会員、武蔵野美術大学教授
ＳＳ先生　画家、武蔵野美術大学講師
ＨＲ先生　画家
ＫＮ先生　画家
Ｙ先生　画家、武蔵野美術大学講師
ＮＭ先生　画家
ＮＣ先生　画家
ＫＴ先生　画家
Ａ先生　画家
Ｔ先生　画家
ＯＴ先生　東京芸術大学美術学部卒業
ＳＺ先生　画家
ＫＫ先生　画家

ＭＢ先生　画家
Ｉ先生　画家
ＯＨ先生　画家
ＨＫさん　友人
ＳＪ先生　画家
ＳＮさん　画家
ＳＲ先生　画家
ＭＲ先生　中学・高校時代の先生
Ｙ子さん　友人

1981年

3／27

あなたは絵をやるべきだ。他に道はありませんよ。過去にやったことを全部捨て切って、再び絵を始めること。そのことをあなたに言おうと思いながら、ここに来たのです。

——S先生

3／28

子供の時、絵を描くのは情操教育ですから。何をやっても、始めて2年はかかりますね。

——O先生

4／5

絵を描いているうちにだんだん運が開けていきますよ。人との縁も、絵の方で広がっていくんですね。今年、来年とは忍耐を必要としますが、あなたはそれが耐えられるんですよ。絵をやっていかなかったら、あなたみたいな人はカミクズみたいな人間になりますよ。

――S先生

4／10

迫力があってなつかしい。が、もっと面で見なければならない。絵具を盛り上げれば前に出るというものではない。

――O先生

4／15

厳しくするということは精力の消耗であり、望みの無い人間には誰も厳しくしたりはしない。

一度いい絵が描けたならそれがその人の呼吸であり、必ずそれ以上のものが描けるはず。

――S先生

4／27

絵より他に道はありませんよ。

私は自分では芸術的なことが何もできないけれど、できる人は分かるのです。

——S先生

5／8

〈バラの絵に関して〉ちょっと見ると大家の絵みたいね。赤バラが瑞々しい。男性的でね。この場合、勘で入っているでしょう。でも大画面に描くとなると、勘では入らなくなる。そういうのが本当のデッサンなのです。

——O先生

5／15

常に全体を見ることと、部分をくらべ見ることを、くりかえして格闘する。

――O先生

7／15

平野亮子さんも誠子[*]さんも似た名前ですね。考え方が男性的なんです。ぐっと女らしい名前にでもしたら、少しは変わったかもしれませんが。画数っていうのは関係ないんですよ。

陰がありますね。平野家の方に、水に関係があって思いをとげられずに亡くなった人があるはずで、それが〝中途挫折の因縁〟という霊障になってついているのです。

――N先生

＊「誠子」は、当時「亮子」の別名として使っていた名前

7／23

船上で亡くなったその方（ひいおじいさん）に、間違いありませんね。

亮子さんは感受性の強い方だから、言わない方がいいかもしれませんね。デザインに向いているんじゃないでしょうか。イメージが、次から次へと湧く方なんです。

——N先生

7／17
画家になったら。

——O先生

8／25
石膏デッサンやら、何枚か描いたことがありますね。いつもこんなふうう？

——K先生

8／30

皆さんはよっぽどいい因縁を持っているんですね。ここにこうして来て、秘法を授かることができる。
三世の因縁が切れ、即ち輪廻がたち切れる。

——K師

9／8
輪郭線が強すぎる。輪郭線が強すぎると、なぜか形が小さく見える。いくら内部を描きこんでも、強い輪郭で台無しになってしまう。立体として後ろに回っていかなくなる。

——K先生

9／29
いつもいくらか太めだね。

——K先生

10／2

〈黄色い静物画について〉すてきですね。デュフィみたい。しゃれているけど、これ以上どう描き足していったらいいのか分からないでしょう。〈20号の静物画〉このくらいの画面になると、色のコンポジションを考えなければならない。初期のカンディンスキーにちょっと似た感じね。

――O先生

10／？

姿勢を変えたら狂ってしまう。首も動かさずに、目玉だけをモチーフから画面にギョロリと動かす。だから画家は目つきが悪いんだ。描ける人なんだと思う。描ける人なのに、なぜもっと始めに形を正しくとらないのか。

――OT先生

10／?

布を使って木炭を目にすりこむこと。調子の違いがでる。（かたい）つきにくい木炭を無理に何回も重ねてつけていくと、木炭はよくつく。

——K先生

11／2

相当描ける人だ。

——H先生

11／?

音楽をやったって音楽家にはなれないでしょう。絵なら、その気になればプロになれますよ。

——O先生

11／3
〈水差しの静物画について〉感覚派ですね。こういう絵は、デッサン力の有無が一目で分かる。

——O先生

11／？
写真を見て描いた絵と実物を見て描いた絵は、まるっきり違う。写真は影なのです。実物は立体であり、生命力を持っている。だから実物を見て描く絵には、生命力から受けたものが感覚としておのずと入っていく。影は私情をまじえずに、ひたすらそっくりに描くしかない。
写真絵は練習にはなるけど、デッサンの訓練にはならないわね。

——O先生

12／4

〈水差しの静物画について〉水差しのボディーの、金属の冷たい感じがたいへんいい。一陽会の静物画を描いている人が、この絵を見てすごいと言ったわよ。自分にはこんなに描けないって。

——O先生

12／？

〈水差しの静物画について〉今まで描いていたような描き方より、こういう描き方がいいですね。空間もよく出ている。上から見た位置がおもしろい。ただ、机がななめになっていて、そのななめの面に水差しがまっすぐにつきささっている。狂っているわけだけど、この場合、おかしくないほどそれがおもしろくなってしまっている。

——O先生

1982年

1／18

〈水差しの静物画について〉冷たい絵です。冷たいが悪いなら――冷たく描けるというのも持ち味ですよ――クールです。シャープですね。芸術家なんですよ。

――O先生

1／19

ここまで描くともっと描きたいという気になりますね。全体をつかむことも大切だけれど、手や足の指がどうなっているか、そういう細部もひょっとしたらもっと大切かもしれない。

体、立体になっています。描きこんであるし。

――K先生

1／？

〈水差しの静物画について〉こういう絵が描ける人は少ない。しつこくなきゃ描けないもの。

——O先生

2／2

絵になっているじゃないですか。力を入れる部分と抜いて描いた部分とがあって、いいですよ。ヴァイオリンと布の質感の違いがよく出ました。

——K先生

2／9

見えてきましたね。本炭の調子が一トーン増えました。顔がおかしい。

——K先生

2／16

目の青と布の赤の、関連性が無い。

——K先生

2／19
描いている時は、もっと描いてほしいと思うから欠点ばかり見えるけど、こうして後から見るといいですね。

〈水差しの静物について〉無限大のバックの場合、下を明るく、上を暗くすると、スッと遠くにいく。空と同じね。

なぜ、写真を見て描くか、ポスターのような絵を見て描くかといえば、以前の絵画に対する反逆があったわけです。

——O先生

2／26
〈額に入った水差しの静物について〉これはいい額縁だ。
——M先生

見る人が見れば分かるはずですよ。絵は表現（？）というよりも、その人そのものですよ。

——S先生

キャンバスの表だけでなく裏までサインしていないと、絵としての価値はゼロに近くなるんです。

――画廊の主人

3／2

〈クロッキーについて〉もっと大きく。はみ出すくらい大きく描いて。

――K先生

3／5

〈画廊にて、赤い静物画について〉大変いいですね。迫力があって。大変よろしいです。

――O先生

3／6

初めお仕事をお願いした時、こういう人だとはまったく思っていなかったの。もうけものをしたという感じね。五年間、何も進歩しなかったと言うけれど、人間的にまったく変わりましたね。それはすばらしいことですよ。子供の時の感じからいくと、才能は非常にキラキラしているのだけれども、わがままで、そのままいったら折れやすいと感じていた。たいへん才能がキラキラしていたんだけれども、それでその上申し分のない環境に育っているというのは、折れやすい感じがするわけです。

画家になっていく人というのは、皆負い目がある。挫折感のようなものが。

やり続けることの大切さ。いつもいつも描き続けていくと、目と感覚が研ぎ澄まされてくる。勘が働くようになる。ずうっと描き続けていると、理屈を超えた勘が出てきて、物を入れる場所にしろ、つける色にしろ、こうしたらいいんじゃないかというものではなく、こうしなければならない、というところのものがパッパッとひらめくようになるのです。

武蔵美という所は、割と技術よりも心情を重んじた。絵は技術ではなく心で描くものだと。でも、今まで描いてきてみると、技術というものがどんなに重要かをつくづく感じるわけです。

表現したいものがあっても、すぐれた技術がなければ表現することができない。よりよく表現することができない。特にダリの絵なんか見ると――ダリの技術はすばらしい――技術がほしいと痛感するわね。

でも、技術っていうのはなっかなか進歩しない。五年間やって、ほんのちょっと進歩したかなというのがせいぜいですね。技術の面で（一陽会の）MHさんなんかを非常に尊敬しているわけです。どうしてあんなにすごい技術があるんだろうと思っていた。そうしたら、その分、あの人はやっていたのよ。技術の訓練を自分でずっとやっていた。描ける人っていうのはその分必ずやっているんですね。この年になって技術がないって言ってたんじゃどうしようもないけれど、あなたはまだお若いんだから――。

なぜ、写真を見て描くのか、あんな絵じゃない絵を描くのかと言ったら、そういう無常感、一瞬を残したい思いがあるわけ。写真というのは正に一瞬のものだし、モチーフを見て何ヵ月もかけて描くと、その間の心情の変化などが重なり積もってたいへん重厚な絵になるんだけど、それに対する反対もあった。

――O先生

3／7

あなたの言うように輪廻を恐れているのなら、それを描けばいいのです。負でしかなかったものが、いい絵ができれば、プラスに変化されるでしょう。

恐いものというのは、汚い色で描かないほうがいい。いかにも汚いもののを汚い色や形で描くのはヘボですね。ダリなんて、恐ろしいものを夢のように美しい色で明るく描いている。

——O先生

私、赤い絵がすごく好き。

——友人Yさん

私はお世辞なんか言わないから本当だけど、あなたの絵好きだよ。特に左方の（水差しの静物）が。表現だというところで絵も音楽も同じ。でも、絵は残るでしょう。音楽はその場で消えてしまう。絵の描ける人ってすごくうらやましい。

——友人Aさん

3／9

木炭紙は同じMBM（木炭紙の品名）でも高い方が黄色っぽい。同様に木炭にもいろいろな色がある。茶色っぽいのと青っぽいのと。どっちにしろ、色に幅が出ればいいわけです。

時々目を細めて見るといい。目を細めて見て不自然にとびこんでくるような所は、くるってるんですね。体なり、光の方向性が。光の方向性ということは、どちらから光が当たっているのか一目で分かるということだけれど、明るさが正しいかどうかということです。あまり明るくない所が明るすぎないか、暗くない所が暗すぎないか。

調子は幅が出て、これでいいんじゃないですか。もっと洗練されていけば。布でこすった所と、指でおさえた所、木炭の浮いた所、いろいろあって一調子ではなく、その混ざり方が良いといい。輪郭線がきつすぎないように、常に気をつけながら描いていくことです。本格的なデッサンになりますね。

――K先生

3／12

写真を描く描き方について。写真を見て人物を描き、背景を、写真を見ないで描くとどうなるか。写真屋さんで絵の前に立って写真をとったような、そんなふうになってしまう。

まず、升目を書いてキャンバスに私情を入れずに写す。それから黒い所から塗っていく。筆あとがつくと絵らしくなり、写真らしくならないので筆あとがつかないように、絵具をほんの少しだけ筆につけて、キャンバスの網目に強くすりこむようにして塗っていく。細い所を塗る時以外はなるべく油でとかないようにする。一度塗りから本物そっくりにしようとする必要はない。四回くらいは塗るから。四回くらいまではキャンバス地のままでいいが、それ以上重ねるとキャンバスの目がつぶれてしまう。そこで、何度も塗りたい時は下塗りからする。ペインティングナイフでキャンバス一面にホワイトをつけてしまい、その上から、布をテルテル坊主にしたものでたたいて絵具を細かくけばだたせる。そのけばだたせ方がむずかしいが、うまくいけば、その細いけば立ちに絵具をひっかけるようにして、何回でも重ね塗りすることができる。

——O先生

3／13

男性が女性を描くと、強く色気を感じた、そういうものが画面に出る。ところが、女性は大抵、そういうものがないんですね。私なんてちっともない。どちらかといえば男性よりも女性を美しいと感じるけれど、私自身女だから、それもたいしたものではない。そういうの、才能がないんですねぇ。そう感じるということが非常に大切なわけです。

描けないってことは絶対ないですね。百枚描けば絶対描けるようになると言います。同じものを百枚描くっていうのは大変なことなのだけれど、同じモチーフを何回も描くというのは重要なことです。いろいろな角度から見るし、テクニックの面で進歩する。初めは描けなくても十枚目くらいからはいくらか上手になってくる。百枚描けば必ず描けるはずです。やりさえすればできますね。やりさえすれば不可能だってことはありませんよ。

写真は、写真そのものに描かない時でも、参考にはなります。

構えずに、もっと遊ぶことをおそれずに、たくさん描くことです。私なんて描かなすぎる。筆と絵具がいつでも出ていて、日常茶飯のこととして、ヘタでも構わないから、しょっちゅう描くことが必要なのです。変になったって気にしないで描きたいものを描くことです。

——O先生

3／16

たいへんおもしろいですね、服が。ただ実物とは違うものになってしまっている。透明な服のように見える。問題は目と鼻ですね。強すぎるせいでマンガみたいに見える。離れて見て強すぎる所を直していく練習をしなければなりませんね。

胸のあたり、ずいぶん白く見えるわけだけれど、まっ白のままでなく、いくらか炭をかけていった方が、調子がつながって見える。まっ白とまっ黒じゃね。

——K先生

3／19

10号くらいの平筆を両面からこすり塗りに使って毛をへらし、筆を細くする。そうすると、その筆で細いまっすぐな線を描くことができる。もともと細い筆では細い線は描けない。

——O先生

※ルノアールは、あの冴えた赤を作り出すのに、明るい地塗りの上に透明度の高い赤を何度も薄く塗ることを工夫した。

3／23

まっ黒とまっ白にならないように、中間的なトーン、グレーを作っていくこと。丹念に少しずつつけていき、こすってはつけることをくり返す。そうすると木炭はよくつき、いい色がでる（柔らかい木炭でおおざっぱな体、陰影をとった段階で）。

――K先生

〈デッサンにおいて〉最小限動きはとらえなければいけないよ。

――M先生

3／28

ひたすら死後の極楽往生に幸せを求め、この世を忌み嫌い、――欣求浄土、厭離穢土――それもまたよくないのである。

――K師

3／30

ずいぶん、頑張って描いたね。足のへん、足から胸にかけて、たいへんよく見て描けている。構図もいいし、色もいい。調子について、布ですりこんだ一調子にならないようにずいぶんうるさく言ったので、気をつけて描いていますね。よいです。今までのうちで一番よいです。

――K先生

碁は見ていておもしろい。全体と細部の両方から攻めていくという点で、常に全体と細部の両方に気をつけているという点で、絵ととてもよく似ている。そういうふうに、一つのことは、多くのことに通じます。

――O先生

始めに太い柔らかい木炭で――たいてい太いものは柔らかく、細いものは硬くできているのですが――大きな形と調子を見て、指や布でおさえて調子を落としてしまいます。それから細い硬い木炭で細部や、メリハリをつけていきます。

4／2

〈ヨーヨー・マの写真絵について〉このようにして、何回も重ねて塗っていくと、おもしろいほど一回ごとに重みを増してくる。この間描いた静物（水差しの静物）のような描き方にくらべたら、不思議なほど簡単でしょう。でも、むこうの方が芸術的であり、たいへんよいのです。すり切れて硬くなった筆であんまり力を入れてこすると、下の絵具がはげてしまう。柔らかい筆で、力を入れ過ぎない程度にキャンバスにすりこむ。バックのゴシック建築はあまり細かく描かない方がいい。はっきりと描きすぎると、この場合、前の人物より強くなってしまい、よくないので。

――O先生

4／3

〈一枚目の鉛筆によるスケッチについて〉ものとものとの間の空間の形を見ていき、その形を描いていく。もの自体はまっ白のままで。そうです。でも、まだ、ものが描きたくてしょうがないというのが分かる。別の紙にもう一度同じ所を描いてごらんなさい。まったくものは描かないつもりで。

そうです。ずっとよくなった。しかも描き方に変化があっていい。空間の形が描けていれば、もの自体は描かなくとも、自然に描けてしまいます。これが、セザンヌがやった、ピカソやブラックがやった、ことなのです。

今はおおざっぱに見て、ものの部分はまっ白で残したけれど、おおざっぱな所が描けたところで、もう少し細かく見ましょう。細かくということは、壺やビンのくびれや、置き場所によってできる空間を描いていく。くびれた所には、その分、空気があるわけで、その空気を描いていくわけです。手前にある壺と後ろにあるビンの間にも空気がある。よいです。そういうわけです。色がたいへんきれいなデッサンです。

〈セザンヌの水彩デッサン「木の間の家」を見て〉このように、空間を彫っていくわけです。ちょうど、レリーフを彫るのと同じだと思えばいい。手前の木はレリーフのでっぱった所と同じで、ほとんどまっ白に近いけど、木のへこみをちょっと、ちょっとと、彫るだけで、ものすごくボリュームが出ている。木の枯れ枝を描くのも、まったく同じことです。枝の間の空間を描いていけば、自然と木は描けてしまう。それを絵として強くするために、描きたい所は何回もくりかえして描き、周りはすっぽかして描かない、というようなことをする。このような見方ができると、石膏デッサンのような、もの自体をよく見て、うんと描くようなデッサンも描きやすくなります。たとえばあのメジィチの髪の毛なんか、形を追っていったらむずかしいけれど、空間を描いていけば、もっと簡単に描ける。

なぜだか分からないけれど、きっと才能がないんだと思うけど、いっくら描いても、一生描き続けても、シロウトの絵しか描けない人っていうのがいっぱいいいるね。一生描き続けてもプロになれない人の絵っていうのは、一目で、もう見た瞬間に絶対に分かります。こわいんですね。でも、あなたはもうだいじょうぶよ。

　知っている人に、芸大を三回受けて、その間あちこちの研究所を点々として、結局研究所時代に変な癖がついてしまって、芸大に入れないで会社に入り、やっと会社も退職したから、もう一度絵を描いている年配の人がいるけれど、今になってもシロウトの絵を描いている。なぜなんだろう、と思うわけ。周りで教えているんだから、分かりそうなものなんだけれど、すなおに聞かないのか。教えるのにはやはり限界があって、自分で体得しなければならないところがあるわけです。それもだめなのね。がんこなのかしら。きっとそういう人っていうのは、子供の頃、ものすごく絵がうまかったのね。ほめられすぎて、うぬぼれたのかもしれない。うぬぼれたらおしまいですね。

——O先生

がんこなだけでもいけないし、柔軟なだけでもいけない。固いところがありながら、周りの意見も柔らかく聞くようでなければ。

岡鹿之助が、ヨーロッパに行ってきて、日本で画学生たちに、牛のシッポでもいいから肉食をしろと言った。肉食人種と日本人とでは、しつっこさが違う。しつこくなければ、ピカソみたいにしつこくなければダメですね。個性、個性と言っても、一人よがりではいけない。だから私らは、コンクールなんかに出品する。

でも、今の日本ていうのは画家の絵は売れないのよ。日展に出してるってことで、ヘッタな絵にもなっていないような絵が売れたりする。売れているからって、ひどい絵の人はいくらもいる。昔、新劇で滝沢修がゴッホ、タンギーを宇野重吉がやって、「炎の人」というゴッホの芝居をやった。その後で、宇野重吉が、ゴッホにしろモディリアーニにしろ、本当の芸術家が、絵が売れなくて、みな早死にしてしまう、そういう社会を私は憎む、と言った。それを聞いて涙がボロボロ出ました。常にぶちこわしては創造していかなければならない。これを死ぬまで続けるんでしょうね。たいへんなことだけれども、楽しいことですよ。神様だかだれだか、私に絵をやらせてくれた人に、感謝します。

――O先生

4／6

形と構図の面では、安定してとれるようになってきました。ただ、顔がお粗末だ。顔だけを描く練習をするといい。

――K先生

〈デッサンを先に教える方法について〉油絵をやって、必要性を感じてからデッサンをやるのが理想だと思います。
――O先生

4／9
〈樹木の絵について〉ガサガサした感じがする。ナイフでの白の塗り方が全部ガサガサしているから、未完成のような感じがする、もっと、ちゃんと塗っちゃっていいと思う。
〈塗る〉そうです。ずっと楽になった。ちゃんと塗ってあって、その中にチョコチョコとガサついた部分なんかがある分にはいいわけですが。こう塗ると、白がきれいでしょう。きれいでなければ。やはり見る方にとって美でなければいけない。
　上半分が大変きれいです。下半分がもの足りない感じがする。もっと、ピシッと空間の形を描いてしまったらどうですか。ピシッと描くのはこわいですか。そんな感じがしますね。ピシッと描くと、正しいか正しくないか一目で分かりますね。ボヤボヤっと描いてあると、何となくいいような悪いような。

〈筆をとって、ナイフで白く塗った所をクロームグリームで塗りながら〉中間の色がほしい。白とウルトラマリンと赤と茶と。中間の色がない。それから、奥行きが浅いです。レリーフみたいに。もともと奥行きが浅いものを、強い色を使って、出っぱらせたり、ひっこませたりやったって、ごまかしでだめですね。キャンバスは四角い空間で、その中に枯れ枝を描いて、枯れ枝だから、空間を描くことによって枝の方向や場所をだすわけだけれど、まだ、うまくいっていませんね。

〈ヨーヨー・マの写真絵について〉白く光っている部分は最後の仕上げにもう一度白を塗るとキラッと光ります。でも、このキラッ、キラッ、を普通の絵に入れるといやらしくなるのよね。写真の絵の技術は、写真絵にしか通用しないです。何回も塗っていると、絵具の中に油が入っているから、どうしてもテカテカしてきて筆あとが分かるようになる。こういう絵は、ありったけ人間味を抜かなかればいけない。

そういう時は、溶かない絵具を薄くつけてから、布のタンポでポンポンとたたく。こうすると、ツヤ消しになるでしょう。布にはシワができないように、丁寧にテルテル坊主を作る。こんなのは職人芸ですね。フワッとぼやかすのにも、筆でぼやかしておいてから、タンポでたたいてぼやかすとよい。こうツヤのない平板な感じになると、かえって本物みたいに、写真そっくりになるでしょう。下の茶色がちょっと生っぽいですね。

——O先生

4／10

絵は哲学です。子供の絵は情操教育であり、大人の絵とはまったく違う。子供の頃描いていて一時やめていた人が、再び大人になって描き始めても、それは、その時に新たに始めるのと同じことです。ところが、大人になってから、一度やめると、なかなかもとにもどらない。私の大学時代の友人で美大でちゃんと勉強した女の人が、十五年くらいやめていてから、再び始めようとしたら、まったく描けなかった。理屈はちゃんと頭に残っているのに手が動かなかった。

〈アングルの絵を見ながら〉この肌の色はアングルしか出せない色です。絶対にアングルにしか描けない。そういうものがなければならない。いくら弟子とかに教えたって、やっぱりアングルにしか出せないもので、古典の影響か、現実離れのした、人形のような美しさです。足の裏なんて、歩いたことのある人の足じゃない。実際には歩いたことのない女なんていっこないわけで、モデルを見て描きながら、すごいデッサン力ですから、理想を描いているのです。きっと、アングルは、この肌は自分にしか出せないのを知っていて、描いていて楽しかったでしょうね。

私には、そういうものがまったくなかったわけです。だから、絵を描くのが楽しくなったのなんてつい最近のことで、まったく、苦しきことのみ多かりき、だった。でも逆に、そういう人は、そのいい所を楽しむことにおぼれて、前進しなくなる可能性がある。むずかしいですね。

――O先生

4／13

黒すぎるデッサンにならないように、指で押さえるようにして、ハーフトーンを出してゆく。形はいいですから、色で。

なかなかいいんじゃないですか。ただ、黒い輪郭線のせいで、形が後ろへ回っていかなくなってしまっている。横幅だけでなく厚みがあるわけです。横幅だけでなく後ろへの厚みが出れば、石膏像はもっと大きく見えるはずです。頑張って描いて、なかなかよく描けています。

――K先生

向こうに行け、向こうに行け、と考えながら描いていると、画面は本当に向こうに行く。神がかりみたいだけど、そうなんです。
もっと自分の描く絵におぼれながら、あぁ、きれいだ、きれいだとおぼれながら描くことも我々には必要ですね。基礎さえちゃんとできていれば、おぼれたって悪くはならないはずなんです。

——O先生

4／21
メカニズムに毒された現代には、生命の賛歌はもはやなくなってしまったのだろうか。芸術は技巧的になり、生命力を失いつつある。いったいどうしたことだろうか。「冷めた時代の進行」に耐えられないのは私だけであろうか。

——KM先生

4／23

〈ヨーヨー・マの写真絵について〉これ以上塗るのは無理ですね。下塗りしていないと、四回も塗るとのらなくなってしまう。空なんか、写真をよく見て描くよりも、観念的に描いてしまった方が、かえって前景と合います。ペターッと、上を濃い空色に、下を白っぽく塗ってしまう。

なぜ、立体派の練習をするか。立体派の場合、見たものは、一度全部頭の中でこわしてしまって、もう一度再構成する。写実的な絵というものは、長い歴史の中で最高の所まで行ってしまった。レンブラントにしろ、ルーベンスにしろ、ああいう絵では、もうあれ以上描けないだろう所まで行ってしまった。画家というのは、人の後ろについていけばいいものではないから、自分独特のものを生み出さなければならない。実体とは何かということを考えた時、実体とはうわっつらの光ではなく、暗闇の中でさわっても存在するものだ、と考えたわけです。

だから、ピカソなんかは、ギターをぶっこわして、中まで描いて、画面の中で再構成をした。立体派という描き方が歴史の中にグサリとある以上、そこを一度は通ってもらいたいわけです。なにも、これが目的だというわけではない。そこを通った後に何を描くか、その方が最終的なことです。例えば木の枝を描く。枝自体を描かないで空間を描くことによって描く。なにもそういう描き方が一番いいというわけではない。しかし、そういう描き方ができていると、自然主義的に枝を描いていっても、キャンバスの中にバチッと収まるわけです。

――O先生

4／24

石膏デッサンの場合、線が強すぎると、形が正しくても正しく見えなかったり、ボリュームが出なかったりする。

――O先生

4／27

よく見てよく描けています。木炭のつきもいいし。ただ膝がこういう形をしているかどうか。もっとよく見て描いてみて。あと顔の口のあたり。僕が描けば描けちゃうけれど、描いてみて。問題は膝と顔ですね。

よいです。椅子も描けるとよかった。膝はよくなりました。顔は描けなかったけど。このごろいいですね。落ち着いて描いています。調子もいい。黒と白にならずに、灰色のハーフトーンがきれいに出るようになった。その点が一番よくなった点ですね。

——K先生

丁寧に描こうとしている態度が見受けられます。これは大切なことです。この調子で頑張って下さい。

画面（紙の大きさ）に対して、物体の納まりが少し小ぶりな感じです。モデルの選定も、画面全体への納まりを考えて、できるだけ、適当な大きさの物を見つけるのも大切です。あまり小ぢんまりした感じでなく、伸び伸びとした描き方のできるモデルなら、なおよかったと思います。

〈立方体のデッサンについて〉形は大過なく描けていますが、わずかな誤差がありますので画面の赤線を参照して下さい。形の構造、性格、つまり、見えない向こう側との形の関連を、よく頭に置いて見てゆくことですが、テキストの課題1～2の解説を熟読して参考にして下さい。

明暗の扱いで、明↓中↓暗の三つの面の差が、もう一つ、明確さが不足になっていて、全体の量感（立体感）や、物体としての強さ、張り、といったものが出ていません。光の当て方など、もう一工夫して、なるべく見易い状態を作って描くのも、初めは大切です。見易いということは、描き易いということにもなりますから。

明るい面を必要以上に黒くつぶさぬこと。明、中、暗、の三つの面をなるべく明確に描き、さらに各面の中での微妙な変化を見てゆく。

〈円柱について〉水平がやや左に下がっている。丸みにそった変化を丁寧に見て、できるだけ、明確に。

——HT先生

5／17

上から押さえつけられているものがあったように、それが何であるかは分からないけれど、何かに頭を押さえつけられているように見ていたのですが、それがすっかりなくなって、自分の判断で明るく行動していらっしゃるのが分かります。自分の求めようとする目標がつかめています。今後いろいろあっても、やりぬいていける方です。名前も、もう亮子さんで充分だいじょうぶです。こんなに変わられる方はあまりいらっしゃいませんよ。

因縁の薄い方と結婚なさるとよいのです。代々長く続いた家柄には、良い因縁もあるが、同時に、悪い因縁も強くある場合が多く、因縁の薄い人とは、そういう家系でない人です。自然にそうなるのではないでしょうか。そのうち、おつき合いしている人の中から、自然に出てくるのではないでしょうか。亮子さんは、いくら周りでこの人がいいと勧めても、自分がいいと思わなければ、そして、相手が自分をいいと思ってきてくれる人でなければ、決して受け入れませんから。

いろいろ苦労をなさったと思うけれど、それを乗り越えて、ここまでなられたのは本当にすばらしいことです。よく、頑張られた。ほめていたとおっしゃって下さい。

——N先生

5／22

ピカソは九十何歳までも描き続けて、すごいと言われるけれど、そのピカソであっても最もいい絵を描いていたのは七十までです。それまでの畜積で描き続けることはできるけれど、やはり本当の画業は七十までですねぇ。

——O先生

5／25

長さを測ると、どうしても何かの理由で狂うことがあるので、結局は、自分の目に頼る方がいいです。

今日はどうでしたか。日にちがあいたから手が動かなかったかもしれないけど、ひところにくらべたら見方がぜんぜん違ってきていますからね。単純な見方ではなく、奥行きや、傾斜や、膝が前にあることなどを見ていっていますから。輪郭についてもやはり。

——K先生

5／28

周りを描き込んでいったら、人物が弱くなってめりこんでしまった。もう一度人物をやって下さい。

——O先生

6／6
〈アングルの人体が現実離れしていることについて〉現実的にあり得ないことであっても、見ておかしくない、美しい、と思わせてしまう説得力があるわけです。
——O先生

ボナールは絵具の発色を良くするために、パレットの上で決して色を混ぜなかった。

6／8
こうして輪郭的な形も追っていかないと形がぼやけてしまいます。
〈ギシギシと描かずに、細い線を重ねるようにそっと輪郭をとっていき〉こうしていけば、おもしろくなるんじゃないですか。
——K先生

6／11

評論する人は、画廊回りで一日に四百枚は絵を見るそうです。ＫＭ先生の絵は、最高の絵具を惜しげもなく使っているといいますね。先生の場合、フランスの絵具なのですが、クサカベとかいろいろあっても、やはり本当の画家の使う絵具というものがあるそうです。画家であるからには、材料から最高のものを使いたいというのがＫＭ先生の考えです。

――画廊の主人

自分の絵というのはとかく良いと思いたい、良く見えるもので、良く見えたからかえって疑った方が良いものです。しばらく見ないでいて、フッと見ると、突然悪い所が見えたりする。展覧会に出品する場合でも、出す何日も前にでき上がって、今回はいいんじゃないかなんて思っている時よりも、フーフー言って描いて、前の日になっても出す日になっても、まだダメだなんて思っている時の方が良かったりする。これはたいていの人がそのようですね。

棚の上に横にズラッと並んだ静物を描いてください。以前（4／3）鉛筆で描いたでしょう。あんなつもりで描いてごらんなさい。

〈描く〉そうです。だいぶ分かってきた感じですね。壺と壺の間の空間の形と大きさを見ていって下さい。右の奥の壺をベタッと平塗りにしてしまったところがいい。ここにズボッと空間を感じるからです。バックと物との関係は良いですね。じゃあ、こんどは、棚の前面が最も手前だとすると、その前面から見て彫っていかなければならない所があるわけです……そういうふうにやっていけばいいわけ。それから、一つ一つが立方体だと思って、前面と側面と、向こう側の面がある。それを描いていってほしい。周りの空間――それがどこからどこまでであるかは、全部おまかせします――を含めた立方体で描いていって下さい。

……こうやっていけば結局、具象になっていく。岸田劉生だか誰だかみたいな具象になっていくわけですが。それじゃあ、抽象的なコンポジションにしてみましょう。布で今までのを消して。

〈ニコルソンの静物画を見せて〉こんなふうに、すべて一枚のペラッとした四角に置きかえてみる。それでズラリと並んだ静物のおもしろさが出ればいい。横に並んだ平面の四角を、たいくつでなく、描ければいい。たいくつでなく描けてビンがズラリと並んでいるのが表現できれば、あとは、ちょちょんと模様をどこかに入れたりしていいですね。

〈布でふき消したキャンバスについて〉たいへんきれいですね。白の〈キャンバス地の〉色がきいてるからです。白が絵具でこんなふうに使えたらい い。ボナールみたいに白がきれいだったら。白っていうのは混ぜるとすぐ色が濁っちゃうからね。

——O先生

6／15

顔と、手と、足と、それをぬかして見ればかなりいいですね。ますね。〈木炭で描きながら〉顔の正中線は、そうですねぇ、もう少し右側になりしょう。木炭はよくついていますから、目とか線で描いていってもいいでしょう。あごの下の明るい所――そうだ、消さないで首を暗くすればいいんだ――この明るい所の形と面積であごの形は決まってしまいます。今は僕が顔を描いちゃったけど、こうやって顔を描いていけば興味の対象が広がって楽しくなるんじゃないですか。顔や手や足という部分を描いてやることで、もっと人間に近づきます。それから細い線を重ねた輪郭線で、もっと輪郭を引ける所がありますね、調子は全体的に見ていてよいです。腕（左）がおかしかった。ここが画面をこわしてしまっています。色はよいですね、色は相当にいいです。

――K先生

6／16

例えば、私たちがある風景に出会って、実に素晴しいと感動したとする。それをカメラに撮ってみたところが、現象された写真のその画面からは、あの感動の体験を思い出すことはできても、直接その風景に接したと同じような生の感動は得られなかったという経験は多くの人が持っているはずである。それを私たちはよく「絵はがき的」といっている。ところが、同じ場所をある有能な画家が描いたとすると、近景の木の形や色は写真のようにそのままでなく、また、遠景の山の形も大分違ったように描かれていても、初めに素晴しいと感じた同量同質か、あるいはそれを上まわった感動を画面から直接に受け取ることができる。これは、画家が、その風景の中から感動を誘発する要素を発見し抜き出して、それを画面の中に巧みに組み立てたからである。

彫刻でも、これと同じようなことがいえる。現代彫刻の父といわれたロダンの初期の頃、「青銅時代」という作品をサロンに出展したところ、審査員たちは、あまりに人体として真に迫っていたので、生身の人体から直接に型を取ったのだろうと疑うものがあった。そこでロダンがモデルになった青年と作品を較べて見せたことで、その違いがはっきり分かり、納得を得たと同時に、審査員たちは、彼の自然から真実の形体（フォルム）を描き出す力量に感嘆したという話がある。

以上二つのたとえ話は、絵画にしても彫刻にしても、「自然」そのものではなく、ある別種な材料を基にして、人間が組み立てた造形物であって、それを造り物らしくなく、真実として表現するためには、古来おのずから伝統的なロジック（方式）があり、その上に作家の独自な発見と工夫が加わって、造形芸術の世界が展開してきたことを示している。

線が単なる線ではなく、形を表現しうるためには、よほどの線に対する鍛錬と形の把握が必要である。

石膏デッサンは創作以前の訓練というのが私の持論であるけれども、矢張りその「石膏デッサン」においても、精一杯頑張るということは、その時間を精一杯生きることであり、実技としての行為の重要な一面であろう。

——KK先生

6／18

〈平面構成の静物画について〉前の水差しが手前に出ていない。後ろの赤よりもひっこんで見えるでしょう。そう、キャンバスの対角線にあたる角度のななめの線というのは、なぜだか、非常に奥行きを感じさせます。

——O先生

筆のタッチというのは、一種でなくいろいろ混じって変化をつけるとよい。セザンヌのタッチなんて正にノミですね。彫っていっているのです。

一つの画面は、似たような色で塗るとやりやすいです。なぜなら画面全体に空気が通うからです。

〈セザンヌの絵を見せて〉青っぽい静物は青っぽいバック、こんなのは全体的に茶色っぽく、描いています。まったく違う色にすると、バチッと世界が分かれてしまいます。

――O先生

6／22

机の面はわざとまっすぐにしたんですか。この角度だと、机が右さがりにゆがんで見える。机の上のものがガラガラと右の方へ落っこっちゃうように見えます。個々のものも、いろいろとあるわけだけれど、たたんだ紙風船の船型の形など出せるとよかったです。

――K先生

6／25

〈赤い平面構成の静物画について〉右半分はすっごくきれい。真ん中の二つの四角が暗すぎますね。暗いと重くなっちゃうから、軽い方がモダンになります。右半分は画面の中の空間を意識して描いている感じがするんだけど、真ん中から左は普通の四角になってしまっている。右のように瓶と壺の間の空間を突き抜けて、形の見えている不定形を描くなりして変えてみて。

〈変える〉おもしろくなった。あとは手前の緑の所ですね。

〈左側があきすぎてはいなかということについて〉全体にゴチャゴチャあるよりスカッと抜けている所があった方がいいでしょ。

——O先生

6／28

意欲が人間の大きさを作っていくんですよ。日本一の画家になりたいと思うからこそ、努力もできるし、努力をするエネルギーも湧いてくる。何にも目指さない人間は成長したりしませんよ。

本気で願ってやるからこそ、なりうるのであり、本気で願ってやるならば、かなってゆくに間違いないのです。汗を流して智恵をしぼるように、本気で願わなければならないし、また、汗を流して智恵をしぼることによって、ことはかなっていくのです。

自分の中に意欲があるということは、エネルギーがあるということです。あなたが自分の努力が足りないと常々思いながらもそのまんまであるのは、あなたが願うものがないからでしょう。自分が生まれてきたことが、自分にとってなんなのかも分かっていない、ただ寝て食べて会社に行ってハンコを押して、それだけの人はいっぱいいますよ。そういうのは本当の人間ではないんです。四次限の中で二次限でしか見ていない。上からも下からも横からも自分を見なければならない。自分を矯《た》めていかなければなりませんよ。矯めればもどる力が働くでしょう。自他共の祝福の中で生きるべきなのです。

——S先生

6／29

ムラムラになっちゃって惜しかったですね。最初の頃の方がよかった。欲を言えば、胸の所の影と逆反射の光の部分を描くといい。胸のあたりの立体感が出ていない。構造的なものを感じます。光の方向性には全体的に気をくばっていて良い。

——K先生

7／2

〈赤い静物画について〉よいですね。ただ緑の壺と上の花が、まったく違う位置のものになってしまっている。絵だけ見ていればそれでもおもしろいんだけれど、練習中であるという意味で、壺とそれに差した花を関係あるものにしてほしい。

それから、右のビーナスの顔と胸の白の感じが同じ白でありすぎます。胸よりも顔がボンと出ているということで、この二つを変えてほしい。〈変える〉良くなりました。壺がスッと後ろにさがったわよ。汚し方を感覚でやっているから、右のビーナスの胸の汚れ方が強くて手前の瓶よりも前に出ちゃっています。そこも、ちょっと直して。

おもしろいです。絵として。右にゴチャゴチャッとあって左がスカッとあいてるんだけど、右にガタガタとくずれていくこともない。右の黄色のせいでしょう。花の所の曲線がいい。よろしいです。

――O先生

7／5

一部には石膏デッサンはアカデミックで古くさく、時代おくれだという考え方もあるようですが、初歩の段階として大切な勉強だと思います。僕は、石膏デッサンは模写の一種だと考えています。

石膏デッサンの対象になるのは、たいていギリシャ・ローマ、ルネッサンス時代のすぐれた彫刻を石膏にとったものです。そうしたすぐれた造形作品に接し、これを写すことに意義があります。

まず、これを正確に描くことから始めます。模写といっても相手は三次元の立体ですから、これを二次元の画面に写すとなると、いろいろむずかしい問題もあります。立体は見る角度によって各部の見かけの比率が変わり、形を正確につかむことがむずかしい。マッスの構成や、マッスを包んでいる面のあり方を見ること。形をつかむアウトラインも、相手が立体ですから、遠近の変化に応じて強弱の変化をつけねばなりませんし、調子も面の実行にそった変化を見てゆく必要があります。初歩の人は、輪郭と陰影という平板な見方になりがちですが、大切なことは、立体を表現することであり、陰影という幻のようなものではなく、対象の実体をつかむことです。

最初は器用に上手に描いたつもりでも、いろいろなことを言われます。たいていは表面的で、立体の理解が浅いためです。石膏デッサンでは立体をつかむこと、そのための線や調子の使い方、面の見方を学びます。三次元のものを二次元の面の上に表現するための、画面に於けるきまりを理解することから始めます。

対象を写すということは、素朴に考えていたものとかなり違うものだな、というのが僕が最初石膏デッサンをやった時の印象でした。また、描く対象は、すぐれた造形作品ですから、これを写すことで、この作品の持つ美の理念のようなものが自然に身についてくることも、石膏デッサンの一つの狙いだと思います。

僕の学生時代の話ですが、石膏デッサンの課程をおえて、人体デッサンに入った時のことです。石膏像を描くように測ったりなんかして正確に描いたつもりなのですが、でき上がった作品はのっぺりと単調で退屈なものになりました。石膏像の場合は、正確に描くことで、ある程度見られる絵になるのですが、人体の場合は、表面的に正確に描いてもつまらないものとなります。僕は人体を描いてみて、石膏デッサンの持つ意味が分かったような気がしました。

すぐれた作品というものは、ただ自然をそのままに写しているわけではない。石膏像は些細な部分に至るまで、全体の有機的な関係の中で意味を持っているわけで、人物を描いた自分の単調なデッサンと石膏像を比較してなるほどと思い、改めて石膏デッサンをやり直してみた経験があります。最初は下手で、なかなか正確に描けないのが普通です。しかし、対象をよく観察して、忠実に描く努力が大切だと思います。これは、達者な描写力をつけるということに目的があるのではなく、立体を表現するための、基本的な条件を理解するところに意義があり、また、忠実に描くことで古典のもつ美の理念を知るためです。もっとも時代によってその美意識にはかなり変化があります。ギリシャ彫刻のもつ理想主義的な優美さに違和感を抱く人もいるでしょう。

自己の心を表現するというと、それを安易に考えて、自己中心的にただフィーリングだけで勝手に自分の好きな色を塗ったり、形も勝手に変形させたりしがちです。しっかりした作品にするためには、その表現がリアリティをもつことが欠かせません。安易に自己の主観だけを強調したのでは、安っぽいセンチメンタリズムにおちいるわけです。

デッサンという言葉は、フランス語からきたものですが、英語のデザインという言葉と同じ語源から出たようで、画面の構成や骨組みをもさしています。この絵はデッサンが弱いということは描写が下手ということではなく、画面を構成してゆく基本的な考え方や骨組みがしっかりしていないということでしょう。物を見ないで描くことも悪くないと思いますが、そうするためには、デッサン力、つまり点や線の働き、明暗の形や量のバランス、画面のムーブマンやリズムなどを対象に則して十分理解していることが前提になると思います。

Tさんのグループ展の絵を拝見しましたが、文学的な物語性が強く、画面の構成がやや弱いように思いました。絵画は造形的手段によって物を言うのが本筋だと思います。例えば天井が低く窓の小さな部屋に入った場合と、広々として窓も大きな部屋に入った場合ではわれわれの受ける気持ちはずいぶん違うと思います。つまり明暗の分量やその形が心を支配するわけです。そういう具体的な明暗、色彩等によって表現してゆくのが絵ではないかと思っています。

——SS先生

7／6
いい形をしているから、腕のあたりや足の輪郭線、もっと微妙な形を追っていって、メリハリといおうか、腕がクッと曲っているあたりを出していって。

顔をこんなに描いたのは初めてじゃないですか。非常に良く見て良く描けていますね。ちょっと見ると平野さんのデッサンじゃないみたい。胸から上のあたり、形といい色味といい、たいへんいい。足の下の方なんかは今までの平野さんの感じしますけどね。

――K先生

7／9

大きいキャンバス、20号くらいに描く場合は、同じマンドリンを描くにしても、椅子の上に乗せるなり、何か他のものと組み合わせるなり、モチーフ自体も、小さなキャンバスに描く時とは変わってきます。20号に描くと、そのまんま100号に移してもおかしくないです。でも、8号くらいの小さいキャンバスから100号にそのまま直すのは無理ですね。

――O先生

7／13

この場所からだと、足の面の方向が重要です。

――K先生

〈石膏デッサンについて〉最低限、動きはつかまえなければいけないよ。

――M先生

7／16

この絵の場合、重要なのはマンドリンの柄と机の間のズボッとあいた穴と、マンドリンのおしりの丸みです。あなたのことだから最終的にはそのズボッを描いてしまうだろうけれど、そういう絵の最も必要なことというのは、まず最初に描いてほしい。今の段階ではズボッが描けていないので机と柄がくっついて見える。まず、そういった大事な所を描いてから、他の所は徐々に描いていってほしいわけです。この場合、マンドリンや机の下の方を一生懸命描いて、柄の下のへんを描かないとそこが弱くなるからズボッが出るかもしれない。

さっきよりは、ズボッが出ましたね。机の線はないほうがいいんじゃないでしょうか。

——O先生

棒のようなものでプロポーションを測ると、立体を測るわけだから、微妙に違ってくる。だから、結局は、自分の眼のカンに頼った方がよい。人間の眼というのは安定性を求めたがるために、ななめをよりまっすぐに感じたがる傾向がある。

——Y先生

7／18

デッサンで普通の場合、光の当たり方による明暗を追っていって形を表現するわけだけれども、全然違うやり方として明暗をまったく無視して、紙を鉛筆で彫るように、奥に行けば行くほど濃くして描いていくと、まったくそれらしく描くことができます。光に関係ないから、いつ、どこに置いても描くことができるし、明暗を無視していることを知らない人が見たら気づかないくらい自然に描くことができます。

具象的な光線を意識した静物画を描いていると、表面は非常に良く描けているのに、軽々しい重みのない絵になってしまうことが時としてあります。そんな時、明暗を追っていない、そういう描き方をすると、ぐっと重みがでることがあります。

――O先生

7／20

私が現代の絵描きとして関心を寄せるのは、彼（ラファエルロ）の画面がゆったりとしたスケールの大きいものに見える秘密は何かということである。群像のひとりひとりがリズミカルに配置され、決定的な場所を得る。

言いかえるなら、人物とその余白のスペースの比率がうまい具合であるということである。

私のこれまでの絵の体験からいっても、描かれるものとその余白、すなわちバックとの面積の比が、自分の感覚にぴったりくるかどうかに最も気を使う。それがうまくゆけば絵はのびのびとしたリズム、広がりのある空間をもつことになる。複製図版でのみ親しんでいた名作を直接見る機会にぶつかって、あれ、こんなに小さなものだったのか、と驚くことがあるのも、面積の比率の問題であるとうなずける。

——T先生

色は非常にきれいです。布をまったく使っていないから、木炭紙のへこみに木炭が入らずに網の目が白くのこっている。それがたいへんきれいでもあるんだけれど、チカチカした感じもするから、やっぱり場所によっては布で木炭を紙にすりこんだ調子もほしいですね。すりこんだ上からまた木炭をかけるとよく乗ります。形はいいですね。顔がよく似ている、調子については言うことないです。胸のところ、もう一つ明るいところを発見できるとよかった。

——K先生

7／22
油絵の基本は色を重ねることだが、木炭も同じである。

——HS先生

7／27
動きを表わすのならば、大きな流れを出すために、腰を右にずらさなければならない。部分だけを描いてみて。

——K先生

7／30

画面の中に実物の大きさが感じられる大きさで描く。余白との関係で大きさは感じられるのだから、実物大に描いても大きさが出るとは限らない。

〈立方体について〉まず、形が正確であること。水平線というものは、絵においては信用できない。逆に、垂直線はどこから見ても垂直である。机のへりなどを水平と思ってはいけない。自分の視点に合わせて水平線を決定する。

線で形をとっていく段階で、すでに立体であることを意識しなければならない。まず角度を確かめる。確かめるために見えない部分の形も描いてみる。中心の軸を描いてみる。向かい合っている面をくらべてみる。

絵画の場合、必ずしも自分に近い所を強く描くとは限らない。その逆の場合もいくらもある。しかし、この場合は絵画以前の基礎デッサンであると割り切って、手前を強く、遠くを弱くすることによって奥行きを出してほしい。木炭はねかせて少し太めに描く。その方がつきがいい上に、細い一本の線でいっぺんに形をとらえるのは不可能だからである。レオナルドでもレントゲンで絵を見ると、動かした線が何本も引かれている。

形と調子は本来、同時に進めていくものである。木炭は重ねていく。そのことは油絵の描き方ともつながっていく。我々が油絵を描く場合、十回くらい下塗りをしておくものである。調子は暗くするのであって黒くするのではない。常に立体を意識しながらつけていく。調子によって量を表わしていく。指でおさえたりして、木炭紙の目の中に木炭を入れていく。紙を乱暴にあつかって目がつぶれてしまうと、暗くならないで黒くなってしまう。調子によって弱まった形を、また修整していく。線は三次限世界の中に存在しないわけだから、しだいに立体の中に同化していく。

石膏の白い面は白いままにしておきたいものだが、それでは量が表現できない。明暗の比較の問題が大切になる。パンを使いすぎると紙をいためてしまうので、パンは最後に使うくらいに思った方がよい。

〈円柱について〉だ円を正確にとらえられるかということ。だ円は台形に四点で内接する。絵は定規で測って正確であることが正確なのではなく、視点に対して正確であること、見た目に正確であることが正確なのである。

二つの物の組み合わせだということは、両方（全体）が常に見えていなければならない。同じ机の面の上にのっているのだということ、調子も全体的に見ていく。物と物との間には空気の束がつまっている（空間がある）。空間によって二つの物はつながっている。

パンはちぎったままで使うとソフトな明るさになる。練って使う時はタッチで使わなければいけない。これでゴシゴシ使うと、上にのせた木炭がくっついてとれなくなってしまう。

木炭は薄塗りを徐々に重ね、段階を追うこと。

布は、もめんの洗いだしたものがよい。ガーゼは必要以上に木炭がとれてしまう。布はやたらと使いすぎない方がいい。

イーゼルの位置は、なるべく顔を動かさないでモチーフと紙の両方が見える所にもっていく。顔を動かしているうちに忘れてしまう。感じたとたんに描かねばならない。

――HS先生

角度が悪い。

指でこすりすぎないこと。こすりすぎると、色になってしまって影にならなくなる。影よりも、円柱、立方体であることを描くこと。こんな向こうに強い調子を入れたら前に出てきてしまう。明暗よりも立体感を出すこと。

――SS先生

7／31

円柱がやや傾いて見える。また、立方体の影の部分が影でなく色になってしまっている。影の中には微妙な光の反射があるものだ。円柱が傾いていることをぬかせば、形は割とよくつかめている。丁寧に描いてある。が、少しこぢんまりとしてしまったから、もっと伸び伸びと描くようにすると良い。

——ＳＳ先生

８／１

完全宿命論者はインドの昔からいたけれども、今でも、千座行者の中で、そういうことを言う人がいる。生まれた時からすべては決まっているのであり、因縁を切る人は、生まれた時から切るように決まっていたのだ。怠け者であった人が、途中から努力家に変わって成功したとすると、その人は努力家に変わるように、初めから決まっていたのだと。こういう宿命論に対してお釈迦様は、髪の毛で作った衣服のようなものだとおっしゃっている。要するに、夏は汗を吸い取らず、冬は冷たくて保温にならない。これはニヒリズムである。

——K師

8／2

〈石膏首像について〉紙の中心に引く十文字の線は必要ない。描こうとする物の中心を見つける。なぜデッサンは木炭紙一杯に大きく描くのか、といえば、物は八分目大に描くのが最も簡単で、実物より大きく描くというのは大変むずかしいことだから、あえて大きく描く練習をするのである。プロポーションを測る時は、同じ長さを基準にして測る。

まず、中心線の十文字は描かない。折り目に木炭がつかなくなる上に、そうやっていると、いつまでたっても上手にならないからである。次に目で見て薄く形を描いてみる。木炭はあくまで軽く持って軽くつける。それから測って中心をさがす。対象物に触れて、その上に木炭をのせていくつもりで描く。なるべく同じ調子の段階はつくらず、トーンが多いようにする。

――HR先生

デッサンというのは中途半端にやるのなら、やらない方がよい。形は狂っていたっておもしろい絵はあるのであるから。が、やるからにはしっかりやらないとつまらない絵になってしまう。が、やらなかった人は、深さを知らないから、結局、長続きはしないんだろうな。

絵というのは、二次限なんだから、ある意味ではウソである。明暗を利用して立体を表現することはできるが、明暗は実体ではない。

――SS先生

8／4

彫刻家が彫っていくようなつもりで描いていく。

――HS先生

〈石膏デッサンについて〉絵がかたい。見方が輪郭的である。指でこすりすぎ。もっと立体として見なければいけない。回りこんでゆくへりの部分に、皆強い調子をおいてしまうものだから、形が後ろに回っていかずに、形が平板でレリーフのように裏がないものに見えてしまう。もっと強い調子と弱い調子の置き方を、立体を意識しながら考えねばならない。

——ＳＳ先生

８／５

〈ラボルド（石膏像）について〉いいデッサンだ。ただ裏がない。裏が描けていないということは、表も描けていないということなんだが。

六時間も集中して描けたら天才だよ。集中っていうのはそんなにできるものじゃない。せいぜい一時間半から二時間しか続かない。それは画家でも同じ。九時に始めるとすると、十時半ごろにはそろそろ気が散ってくる。

そんな時、無理して描かないで、少し休むことだよ。

初めて紙を前にして木炭を置き始める時、緊張感があるでしょう。その緊張した状態でいつも描いてほしい。長時間緊張し続けるのは不可能だから、疲れてきたら、くたびれながらダラダラ描かないで、休んだ方がいい。

それから、楽しんで描くこと。苦しみながら描かない方がいい。そうすると苦しい絵ができあがっちゃって悲愴だよ。それから、デッサンとは見ること。ヘタの早描きって言うんだよ。ヘタな人ほどたえず手を動かしている、うまい人ほど見て必要なことし描かないから、無駄が無くて画面がきれい。五見て一描くつもりでいるといい。三時間描くんなら、五回は画面を離して遠くから見て、そして、何が最もおかしいかをつかんでから、また直していく。三時間のうち二時間は見ていて、一時間手を動かしているくらいじゃないといけない。

秀作を描こうなんて思っちゃいけない。習作を描くんだよ。習作をたくさん描くと秀作ができる。名作だってできる、なにがなんでも、これ一作で秀作を描こうなんて思わないでよ。必死で描いたからっていい作品ができるとは限らないんだから。

子供によく言われるんだよ、「お父さん、ちっとも絵を描かないじゃないか、ねころんでばかりいて」って。でも、そういう余裕からいい絵ができるってことは本当に多い。余裕からフッと見えて、それで急にグッと絵が伸びることもある。でも、前のデッサンよりいいデッサンにしよう、とは思わなけりゃいけないよ。そうでないと進歩しない。

——KN先生

8／6

もっとメリハリを入れるといい。木炭紙の目を大切にして描いていく。暗すぎると石膏の白さが出ない。形は割と狂っていないから、このまま描いていってみて。

一生石膏って言う人もいるけど、僕はあまり勧められない。石膏っていうのはニセものなんだよ。本物は大理石でできていて、質感もあるし、重量感もある、そんなニセものをなぜ描くかっていったら、真っ白い物っていうのは自然界にほとんど無いからだろう。白を黒の階調で描いていく訓練をする。

三次限のものを二次限に描くというのは、可能だろうか。理屈としては不可能だ。それを可能にするために、人間はいろいろなことを考えた。まず遠近法。線遠近法や空気遠近法。空気っていうのは透明ではない。遠い山は青っぽく輪郭もぼやけて見える。それを利用したのが空気遠近法。

ところが、セザンヌはこの二つはウソではないかと考えた。絵具の色によって出て見える色とひっこんで見える色がある、普通青や茶はひっこんで見え、黄色や赤は出っぱって見える、それを利用して描いていく。また、立体というのは横からも後ろからも上からも見えるのだからと、同じ机上に上から見たリンゴと横から見たビンを描いたりした。それをもっとおし進めたのがピカソで、それをキュビズムという。

いかに省略するかも大切だよ。ドガのデッサンなんか見てごらん。デッサンというのは最終的には、すべてを描きつくすことによって描くのではなく、いかに少なく描いて描けるかということではないか。一度、木を描いてみるといい。一枚一枚葉っぱを描くわけにもいかない。ヘタに省略すると変になる。ニコル・プーサンは樹木の表現が実にうまかった。

感性をみがくこと。手を訓練すること。手っていうのは訓練するとけっこう使えるものだ。感性をみがくには、うんといい絵を見ること、それだけでなく五感すべてにとっていいことをすること。おいしいものを食べて。貧しい生活をしちゃいけないよ。そうすると絵まで貧しくなってしまう。

——Y先生

8／7

パルテノンの方、形が狂っちゃったね。顔にくらべて後頭部が小さいし、首と顔の関係、首の形など。首が円柱状でなくなってしまった。アグリッパの方はそんなことがなくいっているけれど。アグリッパの方はもう少し濃淡をつけてよかった。丁寧な仕事なんだけれども、少しかたい感じがするね。

――ＳＳ先生

8／11

油彩画はフランドルのファン・アイクによって発明された。当時、板の上に幾度も石膏を塗り重ね、それをみがいてツヤツヤにし、鉛筆でデッサンしてその上から薄く透明に透明に絵具を重ねていった。そのため今日でも、ファン・アイクの絵は色彩が宝石のように輝いている。白塗りの効果が表面に出て、すばらしい。その後、ティチアーノが厚塗り（即ち構想を

どんどん変えていくので必然的に厚塗りになるのだが）を始め、ルーベン
スが薄塗りと厚塗りの併用を始めた。出っぱって光っている額などを厚塗
りしたのである。
〈水がめのデッサンについて〉見えるのは半分だが、背中があって丸いとい
うことを描かねばならない。真ん中に軸があり垂直に立つ力が働く、芯を
中心に張ろうとしている。口にあたる円には抑揚、リズムがあるというこ
と。上下、左右、斜め、とあらゆる角度から面を追いかけてあたっていく。
これは静物画ではなく、かめの立体感、存在、形の研究であるから、紙一
杯に大きく描いてほしい。机の水平の台の解釈もしてほしい。重いものが
のっていて、奥行きがあるということ。物体がよく描けていれば、バック
を描かなくとも、紙の余白が空間を感じさせるはずである。

〈すり鉢と瓶、二つの物のデッサンについて〉すり鉢はたいてい茶碗になっ
てしまう。鉢の大きさ、質感、色を出せるように。肉が厚いということを

忘れずに。

　透明のガラスの瓶は、中と外と二重に面を追いかけていき、透明感を出す。二つの物の存在である。二にして一の状態。物だけ描いても世界にはならない。空間（場）も描くということ。↓構図の問題。机の面の角など入れてもよい。バックは壁と、この場合考える。水平の面（机の面など）は空間（距離）によって変化する。

〈油彩について〉始めはさらりと描いていき、だんだんねばっこくする。油は二種類、乾性油（リンシード・ポピーｅｔｃ）、揮発性油（テレピン・ペトロール）。揮発性はすぐにサラリとかわく。木炭でキャンバスに薄くデッサンする。100号に描く場合、棒に木炭をしばりつけて、二メートルくらい離れた所から分量（面積）を決める程度に描く。ライトレッド、プルシャンブルー、ヴィリジィアン、イエローオーカー、このいずれかのおつゆでデッサンする。

同じ物を見ても毎回、新たに見えなければならない。色を重ねる。重ねることによって深い色を出してゆく。固定色にあまりとらわれないように。小世界の中では、物が皆、融和して、色が互いに影響し合っている。

——NM先生

絵具は国産のものより、外国の物（ニュートンやルブラン）のものの方が良い。

——NC先生

8／12

輪郭から一センチないし二センチくらいの所に、立体を表現するための秘訣があるのだから、それをよく見ること。

三次限のものを二次限の紙に表現するには、第三者から見てまるで実物そのものの如く描かなければならないのに、見えたままに描いていたらそうは描けない。物を見た場合、手前の物とひっこんだ物は多少強さの差はあっても、さほど違わずはっきりと見えるものである。しかし、だからといって紙に描く時も向こうと近くを同じ調子で描いていたら、実物の如き立体感はでない。そのように、二次限に物体を写すにあたって、変化させる法則がある。デッサンしながら、その決まりをつかまなければいけない。

――KT先生

8／14

同じことを二度やると、人間は退屈する。同じ長さ、同じ距離、同じ面積が二つ並んでいる画面は退屈である。だから、まず、構図を決める段階で何本も線を引いてみる。そして、もっとも美しい線、美しいと感じられる線の場所、線の角度をさがしていく。ピカソでも何百本も線を引いて、その中の一本が美しいのである。それが感覚の問題であり、構図の善し悪しによって絵の七十パーセントは決まってしまうのである。いくら他が良くとも構図の悪い絵は良いとは言えない。

この絵の場合、瓶と鉢が机の上に並んでいるが、瓶から画面のへりまでと、瓶から鉢までの長さが同じになっている。こういうのは退屈で美しくないから、さてどうしようかと考えて、この場合、瓶を少し鉢側に寄せてみよう。この方が良いでしょう。たった一センチの違いで駄作にも傑作にもなる。

それから机のへりの高さはどうでしょう。瓶はスラッとしている。机の線を上に上げてみたのと、下に下げて見たのとでは、どっちが瓶がスラリと見えて美しいですか。どう見えますか。下の方がきれいでしょう。だから下にする。そうすると鉢の位置を少し下に下げたくなる。下げた方が安定する。

では、左の方の机の角の位置はどうでしょう。角があった方が良いか。

角があった方が、スカッとあいた空間があっていいですね。こうやって、描いたり消したりしながら、最も良い構図をさぐっていくのは、絵の面白さです。

瓶の影が強すぎる。もっと微妙な明るさがあるはず。壁の線も強すぎて鉢と同じに前に出てきてしまう。

――KT先生

〈受講生Sさんの絵について〉机の一部分しか描いていないから気づかないんだろうが、これじゃ、瓶と鉢は机の端っこに置いてあって落ちそうだよ。実際にモチーフがこんな風な置かれ方をしているのですか。僕らが学生の頃は、よく新聞紙を紙にはりつけて、机全部を描いてみたりした。こんな置かれ方はしていないはず。鉢や瓶なんて描きゃ誰だって描けるんだから、鉢から机のへりまでの距離や壁の奥行きなんかを出すためにもっと苦労してよ。

――KN先生

8／16

瓶や鉢のもつ強さが出ればよかった。バックを強く描いたので、手前の物が弱くなってしまったのだろう。バックは物を生かすようなバックでなければならない。形は割と正しく、大過なく描けている。画面も整っている。

——HO先生

8／18

バックの黒がよくない。グレーのへんはきれい。瓶はいい形に入っている。リンゴが大きすぎる。大きすぎるとリンゴが鉢に対して抵抗してしまう。鉢の形がやや甘い。他はいい。

鉢がいいです。左のバックと瓶があまりにも同じ調子だから、やや変えてほしい。他はなかなかよい。バッと描けていてよいです。左の方も鉢と同じくらいに描けるといいんだけど。明日は左の瓶と鉢をバッチリやってください。

形は外側（空気の側）から見ていく。そうしないといつまでたっても甘いフォルムしかとれない。

――ＳＫ先生

８／19

非常に強い、いい感覚を持っている。色はいくらでも使える。それを生かすためには、今のうちに形の基礎をしっかり身につけなくてはいけない。黄色がきれいだ。

画面が自由に動いていく自由さがある。ある意味では大胆で、いい感覚です。

問題は一つ一つの物の実在感とリアリティで、机や鉢は黄色などで描いてもリアリティがある。それが瓶やリンゴにもほしかった。あと壁が見たいね。背景にあった壁を描くとよかった。よいです。伸び伸びしている。

——SK先生

8／20

〈石膏胸像について〉フォルムの構築性、動勢、均衡、質量等、造形の基礎学習。フォルムとは形態、ある組織を持った物事を秩序あるものとして外からとらえた形。部分の一つ一つ、例えば頭部や首、胸はマッスという。全体的なものをフォルムという。

構図について。胸像の場合、紙からはみ出さなければ対象の大きさを表わすことができない。そこで切り方が問題になる。大事な所を切ってはならない。形、大きさの美しさをそこなうような切り方をしないこと。パジャントは、首の位置、目の位置、をしっかりとる。胸の厚み、首の立体に注意すること。ブルータスは胸のマッス、頭の塊、力の表現に留意する。胸の服のヒダだけにとらわれずに大きな骨格をとらえる。首の傾きに対してヒダはどのような角度になっているか。

――A先生

8／21

入れ方が心もち、もう少し左寄りだとよかった。木炭デッサンに限らず、どんなデッサンでも、面の方向の変化する所というのは、ぼやかしてはいけない。はっきりと描かなければ。服のヒダを面で見ていくこと。頭が後ろに回りこんでいく所と左胸の出っぱりをしっかり描いて下さい。調子はきれいだ。

銅版画を見たことがあるでしょう。デッサンはどんなものでも、例えば鉛筆デッサンなどでも、面の向く方向と同じ方向に手を動かしてタッチを描いていくと、それでやはり効果が得られる。ちょうど銅版画の線と同じように。念力というやつで、あっちを向けあっちを向けと思いながら、そういう風に手を動かしていると本当にあっちを向く。それは油絵でも同じです。

デッサンというのは、ねばりと枚数です。それしかない。間違ったって才能なんて関係ない。

——SZ先生

絵はやっぱり強さです。展覧会の審査にあたって、バッと強く迫ってくる絵が勝ちです。

石膏デッサンなどは、家で一人で描いていても、デッサンの描き方の本など一冊あれば、できるのではないでしょうか。

——SK先生

8／23

後頭部は回りこんでいく所を面の方向で見ていって。衣のヒダはただあるのではなく、箱型にグッとせり出した胸の上にのっているわけだから、よく見ていくと、その箱型を表現するポイントになるヒダの部分があるはず。今、描いたのは、皆、その胸の大きさを出すためのポイントの所だから。それから、右側と左側の調子の違いもよく見て。

木炭が浮いて炭色になってきたら布か何かでおさえて、調子を作る。一番明るい所が真っ白いからといって白いままにしておいたら、そこの所が描けないから、一番明るい所を一調子かけた明るさにして、それに比べて暗さの段階を見ていく。

——SZ先生

8／24

入れ方は心もち左側だとよかった。中間の調子は非常にきれい。だが一番明るい所に今日になって一調子かけてしまったせいで、絵が少し弱くなってしまった。明るい調子と一番暗い調子とが加わると、もっと描きやすくなるはずです。あるトーンの狭い調子に限ってみてデッサンをやってみるのも一つのやり方ですが、調子は幅が広い方が描くのに楽ですから。

——SZ先生

8／25

〈静物、デッサンと油彩について〉布は線的なモチーフである。量的なモチーフ（この場合、壺）と線的なモチーフ、あるいは大きいものと小さいもの、質感の違うもの、逆に同じものを並べるなど組み合わせて、モチーフをよく自分で選択することが大切である。線的なモチーフでの、線の勉強で大切なことは画面に動きを出すことである。北斎の富士山の絵などは、その線が画面を回っている。

まず、木炭デッサンで調子をつかんでから、油絵を描く。油絵のヴァルールに木炭の調子がつながっていく。空間をよくつかむこと。揮発性の油は絵具を透明に伸ばす。絵具を厚塗りしさえすれば強い絵になると思いこんでいる画家が多いと、ルノアールは言っている。

キャンバスによってこの角度がちがう。M型は黄金比でできている。M型を二つあわせるとF型になる。ただし、10号だけは黄金比になっていない。

——I先生

壺はよく見ると左と右で形が違っています。この場合、壺とタマネギを一直線上に並べた方が、物と物との関係がバチッといくでしょう。常に画面を意識すること。大きさはどうであるか、場所はどうであるか、すべて、これでなければ絶対にいけないという所をさがしていかなければならない。それでなければエスキースを描く意味がない。

——MB先生

8／26

〈F15静物油彩について〉よい。壺が少し大きい。ほんの少しの違いだけれども、きゅうくつに見えるから、直した方がいい。（一センチくらい小さくする。）

——I先生

8／27

壺はもう少し現実に近い色に近づけていいでしょう。布はもっと具体的にへこみやシワを描いていった方がよい。壺とバックは一緒に描いていくようにしないと、バラバラにあるものになってしまう。

——OH先生

8／28

まずは、固定色で描いていってほしい。生の絵具を使わずに、下の色が見えるように、上の色を軽く重ねていったりする。面とりで描いていくことも大切だが、面とりだけでは形は現われてくれない。どうすればいいかは誰にも分からぬことで、実際に絵具を置いていって、形をさぐっていくしかない。
色の美しさというのは全体の中で決まるもので、高い絵具のバーミリオンをキャンバス全体に塗っても美しくはないだろう。その色がどのような状況の中で、どれほどの面積使われているか、それによって美しさは出てくるものである。

――ＯＨ先生

９／３

私が椅子を描いているのは、無理して描いているんです。描かねばならない自分のものであるから描いているのではない。画家にはそういう段階も必要であるし、とは思いますが、やはり椅子は一時のもので、今、自分の本当のモチーフをさがしているのです。

――Ｏ先生

９／４

ローランサンは白をこう使うと、その分スカーフで黒を使ったり、そういう画面の構成が厳しく、しゃれている。

――O先生

9／7

動きはよく出ています。ただ胴が一見して短い。これは、もう上下を入れてしまっているから、胴を細くするるか、それとも、長くするるか、むずかしいですね。中心はばっちり測りましたか。この紙の中心は確かにこの場所ですか。適当ではなく。確かにこの位置ですね。じゃあ、胴を少し細くしよう。こうすると長く見える。足の長さはどうでしょうかね。もう少し描いてみないと、それはよく分かりませんね。手は上の方に炭をつけたのを、そのまま腕を動かして足の方まで全体的につけていくようにしないと、最終的に狂ってしまうことがありますから。足はやっぱりちょっと長い。

――K先生

9／10
〈グリューネワルトの肖像について〉顔と胸のへんがいい。顔は塗り方もおもしろいし、骨がよく描けている。が、肩が中身が無い感じで変で、手も短い感じがする。あと頬骨からこめかみの後ろに回りこんでいく所が非常によく描けているのに、髪の毛になるとただの黒い色になってしまって頭がい骨に沿った面が感じられない。
〈マンドリンについて〉だんだんおもしろくなってきた。
――O先生

9／14
〈以前見た夢を自分の予知夢ではないかと思って不安に思っていることについて〉四十あたりでポキッと曲がると思いこんでいたら、本当にそうなるでしょうね。人間は自分が思いこんでいるとおりの人生を自然に作っていくんですよ。そう信じていたら、そうなるでしょうね。

でも、曲がったりしませんよ。あなたは今、見えているようでいて何も見えていない所にいるんです。昔見た夢を、本当ではないかと思うくらいのことはあるでしょう。が、じきに変わるはずです。来年くらいからか、変わって、見えるようになるはずです。今だけのことを一生懸命考えてやっているのが一番幸せなんですよ。

会社でも、絵でも、その人の人格以上のものには決してなりません。人格とは、性格や知能や体力、全部を含めたものですが、人格以上の大きさには決してならないものです。人間というのは、そうであろうと思いこんだもの、強く願ったもの、になっていくもので、ピカソみたいな画家になろうと思ったことのない人が、ピカソみたいな画家になることはあり得ないことです。また、ピカソみたいな立派な画家になりたいと強く願っている人は、やはり同じようなことを強く願っている人と自然に波長が合って、出会いが生じます。人間も動物ですから。出会いによって人生は作られていくのですが、どうしたらより良い、プラスになる人と出会えるかと言えば、自分をみがいて、波長の高さが及ぶ所に自分をもっていくしかないのです。

若い人は、とかく、人をイイ人と悪い人とに分けたがりますが、イイ人悪い人っていうのはいないんですよ。誰でもイイ所と悪い所を持っているし、ある人にとってイイ人がある人にとっては悪い人であるかもしれない。問題は、その人からは何を学べるかではないですか。

絵を続けなさい。続けること。さ来年あたりには絵のことで何かいいことがあるんじゃないですか。

——S先生

9／17

〈水差しの静物画について〉ガキーンと強くて、たいへんいいです。

〈マンドリンの絵について〉バックが手前よりも強いから、強い方を弱くするのではなく、バックに対抗してマンドリンを強くして下さい。えのあたり、描きこみが足りないのでまだ弱いから。形が違う。おしりの上の丸みが丸すぎます。形を改造しないと上を向いているように見えてしまう。影の所、机がものすごくきれいです。バックの最も暗い所（黒色）はいらないんじゃないですか。重く見える。

——O先生

9／21

〈クロッキーについて〉線が伸び伸びしていてきれいだ。細部にとらわれずに描いたものの方が良いようです。

——OT先生

9／28

形についても調子についても描けるようになりましたね。次の問題として、より実物に近づけるために、一つの課題があります。それは曲線が単純で、実際はもっと微妙な形をしているのだということ。基本としては、腕の輪郭線であっても、確かにこういう線なのですが、よく見ると実物にはもっと細かいでっぱりやひっこみがある。その曲線が凹凸が強すぎてイヤミになってしまっては困るのですが、もう少し細かいでこぼこまで描きこむことで、もっと実体に近づくはずです。

——K先生

10／1

〈マンドリンの絵について〉影がものすごくきれいです。机の色は何色ですか。

〈ホワイト＋クロームグリーン＋グレーと回答〉とてもいい色です。この色が前の水差しの静物画でもあったでしょう。とても、あなたに似合うんです。バックはいろいろ、赤やら茶やら入っているけど似合わない。バックも机と同じ色でバッと塗っちゃった方がいいのではないですか。

〈ホワイト（多）＋クロームグリーン（少）＋グレー（少）で塗る〉ずっとよくなった、楽になった。えの下も白く明るくしたことでかえって、ズボッとはっきり穴があいた。ずっといいです。ぜんぜん変わりました。スカッとしていて。影がとてもきれい。ここがたいへんいいのに、今までバックがあってそこを殺していたのが、生きてきました。これでマンドリンをもっと描きこんでいけばいいですね。こういうやり方でいいんです。前の水差しの静物でも、ただの静物を描いているんだけど、ただの静物画でないと感じさせるものがある。

　こういうやり方でやっていって、来年あたりから展覧会に出品できるように、大きいのに描いてごらんなさい。まず、20号に描いてみて構図などを決めてから、50号か80号くらいのに。今の現代人の考えていることとして、あまりモチーフ自体が物を言わない、あたりまえのモチーフを描いて、あたりまえの描き方をして、それでいて絵に物を言わせるということが求められています。構図などは、少し人の意表を突くような、真横から見たものや、真上から見たものなど、やはり、選ぶ人の目にひっかからなければならないわけですから。

――O先生

10／5

顔まで手が回らなかったですか。こういうのは、時々展覧会なんかにもありますね、わざと右足を描かないで、描きたい所だけを描いて主張するような。胴体の部分の色が非常によく見られるようになりました。今日からではなく、ずいぶん前からですが。膝から上だけ切って入れてみるとか、胸から上だけにしてみるとか、余白を多くとって、描きたい部分だけを描いてみるといいでしょう。

――K先生

10／11

対象とまるで同じに描くことは、誰にもできません。対象の、感じをつかむことが大切なのです。

――O先生

10／12

色がいいというのは言葉であって、色がいいということは、色自体がいいと同時に空間が表わせているとか、色のつき場所がいいとかいうことでもあるわけです。

胸のへん、非常にきれいです。輪郭線的な見方をせず面で見ていって、顔と胸と、手のあたりだけ集中して描いていって見せ場にしてやれば、おもしろくなるんじゃないですか。

手の上方の輪郭をはっきり描いてやってパンでぬくなりして、腕を前に出せばよかった。ムードがありますね。いつもはガキンと描いているんだけどあまりムードがなくって、ややかたい感じがあったが、今日のはムードがあります。いつもの描き方の中に今日のような要素も入れていけるといいですね。全部を描くのではなく、ある部分だけを描くのも、絵の表現としていいのです。

——K先生

細密描写のように描くのか、それともそうでないのか、どっちかに決めて徹底しなければいけない。影を描くにしろ、描かないにしろ、中途半端が一番いけない。

——画学生X君

10／15

筆力（筆圧）の違いでも絵の強さは違ってきます。男と女では腕力が違うが、絵の強さも、男の方が強い場合が多い。そういう場合、男が十回塗る所を女性は二十回塗るなりすればいいんです。

〈マンドリンの絵について〉こういう風でよいです。形も。これでもっと描きこんでいけばよい。

――O先生

10／16

日本人がフランスに行っている間には出せたフランス人風の色が、同じ人が日本に帰ってきて同じ絵具で描いても出せないという。

――O先生

学生時代に初めに（油絵より）先にデッサンをやらされた時は、本当に描けなかったけど、その後、特別にデッサンをやりはしなかったが、絵を描き続けてきてみると、今ならデッサンができるという自信があるから不思議です。

――O先生

10／19
顔を描くことですね。顔をしっかり描いてやると、髪や背中のあたりなどは、ちょっと色を置いただけでも、顔に引きずられて、絵になるのだけど、顔を描かないと、体をいくら描きこんでも、もの足りない感じがします。
――K先生

10／21
〈母親の絵のデッサンについて〉力作ですね。なっかなかいいですよ。顔から首にかけて、首から胸のあたり、なっかなかいい。肌と服の質感の違いもよく出ましたねえ。色の違いも出ている。肌よりやや明るい色という感じはしますが（実際はグリーン）。
問題なのはスカートの方、椅子にドシリと腰かけている所が描けていないので、椅子から浮きあがっているように見える。黒っぽい色だからむずかしいんですねえ。黒い色というのは、面の方向などつかまえにくくてむずかしい。こういう時は、椅子まで入れてやるといいんです。でも、なっかなかいいよ、顔なんて彫刻家のデッサンみたいに描けている。耳が出ているのもいい。これはかなり時間がかかっているなあ、体が向こうからこっちに流れてくる感じもよく出ています。

アグリッパ（古代ローマの政治家）は弱いね、フワッとして弱い感じがする。なぜ耳だけが白いんですか、ライトでもついていたのかな。

油絵は、カーテンの赤と後ろの黒が強すぎる。これは何か意味があるんですか。意味が無く、後からつけ足したというのが一番いけない。全体が壁だとあきすぎると思ったから入れたんですか、壁の方がいいですよ、主体は人物なんだから。特に赤と服の緑は補色の関係なんだから、強すぎるでしょう。顔の緑はわざとつけたんですか、ついちゃったんですか。気になってしょうがないんだけど、気にならない？　人物など下を切る時、スポンと切っちゃわないで、切りぎわ（キャンバスのへりの近く）を下にいくにつれてやや弱くして、スッと消えるようにするといい。髪の毛なんか黒いんだけどよく明暗を見ている。壁や顔なんか、絵具のつきもなっかなかいいですよ。

君はなかなかいいね。デッサン力もあるし、色感もおもしろいものを持っている。この調子で続けて下さい。

——ＨＳ先生

絵というのは、上よりも下が強くなって（上が弱いために）キャンバスが斜めにスッと上が引いて見えるようではよくない。今度、そういう目で名画を見てごらん。

上を強くしなければいけない。平面だけの近代絵画でも、キャンバスが均一に強く張っているかどうかは、問題点になる。

——ＨＳ先生

マンドリンの上の面が弱いです。木の肌にこだわらなくていいから、面で見ていって下さい。

同じ絵ばかり描き続けていると、必ず悪くなります。ドンドン落下していってしまう。変わっていくしかないんです。でも、自分では絵を変えたつもりでも、人から見ると同じように見えることが多い。マチスなんかでもドンドン変わったのでしょうが、傍《はた》からみるとやはり同じ絵に見える。

ピカソなんか、本当にガラッと変わってしまう。別人のようにガラッと変わって、しかもすぐれているというのは、本当にもつのすごいエネルギーのいることです。それに欲張りなんでしょうね。欲がなければ変わったりしない、欲というのは必要なものですね。

――O先生

10／26

目のあたり少し描き足りないという感じがします。黒さがいらないのかな。首から肩のあたり非常によく描けています。距離感もよく出ているし、口は、口だけを見ればよく見てよく描けているんですが、顔全体から見るとあやしいですね。

布はむしろ直線で描いてやるとよかった。体の曲線と直線が対比させられると、その方が美しく見えたでしょう。

——K先生

11／2

顔と手だけを描きこんで、他の部分は線でサッと描いただけで、作者の描きたい所を明確にする。こういうやり方でやっていって、このくらい行けるんじゃないですか。

——K先生

11／4

〈アグリッパの石膏像のデッサンについて〉鼻が細い。鼻が細くて短い。この位置で長くなるから、口の位置はこれで正しく、鼻の下が短くなる。耳も小さい。耳がもっと大きい。鼻がもっと強大に、頬骨の角をグッとはっきり描いて、額の角もグッとはっきりさせて、もっと強くしていい。バックは塗りつぶさなくていい。かえって立体感が薄くなってしまう。全体のプロポーションは正しいが、全体と細部の関係がつかめていない。

〈母親のデッサン、Aについて〉顔は似せようと思わなくていいから、もっと立体として表現するようつとめてほしい。組んでいる手は、かくれて見えないんだか見えるんだか中途半端ではなく、はっきり見える位置に置くとよい。おしりがきれいだ。おしりから、ももの所はきれいに出ているのに、ももの上の方がスカートのヒダであいまいだから、そこをピシッと描いてやる。下を描いたら上をピシッと描いてやる。裏を描いたら表を。正面から見た時に、常に真横から見るとどうなっているかを意識すること。

〈母親のデッサン、Bについて〉右手はいいのに、あなたの力だと分かりそうなことだが、腕が少し短く見える。左手が小さい。左手はバッと大きくなければいけない。そして、おしりの所から膝にかけてをしっかり描いてやり、膝の関節をはっきりと、スカートが折れて垂直に落ちている所をはっきりと描いてやらねばならない。

そうしないと、顔から右手、右手から左手、左手から膝という流れのリズムがつかめていないことになる。左腕が向こうに折れている所がフッと力がぬけて描けていれば、腕が短くは見えないはずなんだが。コスチュームも、人体の構造をはっきりとつかんでいって描くと、コスチュームとして美しいものになる。むずかしいポーズをよく描いていると思う。空間感は出ている。

力がある人だから、デッサンの要点をつかんでやっていけば、これからドンドン伸びる。

——NM先生

11／5

ガシッと強くなってきましたね。机を手前を白く、向こうにいくにつれてやや濃くすると、もっとスカッとぬけます。

——O先生

11／6

良い先生というのは、その人の良い点を見つけて、それを伸ばそうとしてくれる人。悪い先生というのは、自分のやり方を弟子に押しつける人です。その人が作家としてすぐれているかどうかと、その人が先生としてすぐれているかどうかは、まったく関係がない。どんなにくだらない絵を描いていようが、先生としてすぐれていればいいわけで、いい絵を描く人イコールいい先生では絶対にない。

たとえばリンゴ一つを描くとする。リンゴの自身の心になることです。それが絵というものでしょう。日本には昔からそういう伝統があるはずです。

——KM先生

技と心は一体のものです。技なくしてどうやって心を表わすんですか。私は漢方を始めて十五、六年だけれど、初めてあなたがここに来た時、漢方の入り口をトントンとたたいた程度だと言ったはずです。七十くらいになって、やっと中に入っていければいい方だと思っています。それくらい奥は深いんです。絵もそういうような気持ちでやっていかないと、何回もドスーンッとおっこちますよ。

何事も基礎はやらなければいけない。漢方では基礎は、古方派と呼ばれる『傷寒論』（伝統中国医学の古典）です。ところが、これは大昔の病気の治療法で、現代とは環境も違うから、これだけやっても直接役に立たない。ところが、これをやらないと患者さんを治せないのです。『傷寒論』をやらずに、現代に適合した理論だけやっている人は治せません。漢方は感方ともいう、その感が働かないし、漢方の心もない。私は『傷寒論』を毎日夜十一時から二時まで四年間勉強した。その古方派の基礎があって、初めて、現代人のための方法も分かる。『傷寒論』だけやっていて、現代風の勉強をしていない人も、患者を治せない。やがて不用なものをけずり落としてゆく階段もくるでしょうが、枝葉をつける時期も必要なはず。古いものは大切です。古い絵をいっぱい見ることです。

——S先生

11／9

形を描きながら調子を作っていくといいです。この場合、顔の一番明るい所のハイライトは、無視した方が鼻から頰にかけてがつながるでしょう。良く描けていますね。きれいです。描きたいものがはっきりしています。黒白の分量もいいです。きれいです、良いです。

——K先生

11／12

〈マンドリンの絵について〉マンドリンがまだ弱いですね。木目なんかあとで描いてもいいですから、細部は無視して、面で描いていって、マンドリンの面の強さを出して下さい。

だいぶ、面のハリが出てきました。あまり細かい所にこだわると強さが出ませんね。

影がとてもきれいです。やっぱり、イタイ絵ね。冷たくはないんだけれど、ガラスから冷たさをとったような。イタイということが、あるいは、あなたの持ち味なのかも知れない。絵というのは、自分の性格、個性がはっきり出た方がいいのだから、イタイならイタイでいいんです。

——O先生

11／16

よく描けました。手もちゃんと描くとよかった。口からあごのあたりがちょっと描き足りない、目はよく描けています。

——K先生

11／19

油絵具というのは見た感じよりも意外に透明だから、強くするには何回か重ね塗りしなければならない。

平面に立体という三次元を表現するということが、絵の宿命なんです。だから、例えば対角線を引いたら、それが斜めの平面上の線ではなく、奥行きに見えること、平たいキャンバスを平たいものではなく、この大きさを持った直方体だと思って空間を表現することがなされなければならない。

——O先生

11／26

硬い筆と柔らかい筆とでは、やはり硬い筆だと硬い絵になり柔らかい筆だと柔らかい絵になります。どっちが自分に合うかは使ってみなければ分かりませんが。

フランスの美術学校では、石膏デッサンをする時など、日本のように十字に線を引かずに、対角線上に線を引くのです。日本の場合は、長さの比率を見ているわけだけど、対角線上に引くということは、斜めの奥行きを意識して、それを描こうとしているわけです。斜めの線の下を手前とすると上を奥と見て、モチーフを奥行きで見ることができるようになったら、すばらしいですね。

——O先生

12／4

平面に三次元を入れるのだということ、そのことが絵においては最も重大なことなのです。それは、昔からずっとそうだったし、立体派がやったこともそうだった。

一点透視法による遠近法などで町を描いたりしたが、どうも見たままの町と違ってしまう。二次元に三次元の仮空の世界をいかにつくるかということが、昔から常に考えられてきたことで、そのことを感じたというのは、本当に良いことです。

――O先生

12／7

レオタードの黒と調子の黒に惑わされちゃってますね。もっと徐々に丹念につけていかないとつきが悪いでしょう。線も、もっといっぱい引いて、無駄な線、無駄な木炭をつけていっちゃうことです。

無駄な線を引くことを恐れないこと。伸び伸びとした線を引いていけば、おのずと伸び伸びとした形が描けます。短い線だと堅くなりがちですね。

手を大きく動かすこと。油絵なんかでも、こうと形を決めてしまって、はみ出ないように塗っていくと変になるでしょう。塗り絵みたいって言うんだけど、むしろはみ出すぐらい画面に大きく手を動かしていった方がいい。それは木炭デッサンでも同じです。

――K先生

12／10

〈アジサイについて〉花の所がすっごくきれいです。真ん中の水色が意外に出っぽって見えます。花が赤だから、少し赤っぽい色を入れた方がいいのではないでしょうか。

葉っぱがいいですね。葉と、その下の黒と、瓶がいい。そこの所はバッチリです。問題は、真ん中の水色の所が出っぱって見える所ですね。周りはいいです。きれいです。

――O先生

12／14

絵画は一定の限られた広さの中に成り立っているものであり、「絵」とは限られた枠の中に生み出された、もう一つの世界だということです。つまり平面という約束が最初にある上に成り立っているのであり、ゆえに平面に描くからこそ立体感や空間が必要になるのだということです。

最初に構図についてですが、構図は画面を厳しく成立させる土台のようなもので、欠くべからざるものです。この構図法に新しい息吹を与えたのが、セザンヌであり、自然を絵画の世界にまで再構成したところに重要さがあります。……セザンヌから現代絵画につながった部分が多いと言いましたが、もちろん、これを通らなかった仕事もたくさんあってよいわけですが、いずれにしても、構図、構成の厳しい裏打ちのない名画などありえないと言えます。

古典絵画の時代から、黄金比などが構図法としてありますが、セザンヌの場合も、この黄金比はたびたび画面の根底に在ることは、作品を見れば容易に理解できるはずです。また、ピカソの作品の中には、まるで描きなぐったように一見密度のないような絵がありますが、裏側にはしっかりと構成をふまえていて、その上で自由自在に仕事をしているのです。

ただ、ここで注意しなければいけないことは、黄金比などによって画面を分割し、数値的に頭だけで押し進めても、絵としては生きてこないということです。対象を厳しく見ることからさまざまな感動を呼び起こし、そうした感動を糧にして、それに構図、構成という造形の在り方を調和させることがどうしても必要になるわけです。

セザンヌの絵の中でもう一つ学んでほしい大事なことは、自然の奥行きを画面の節度ある張りにまで創り出していることです。古典絵画のように空気遠近法的な空間ではなく、平らな画面に緊張感や充実感を生むためには、あまり奥に深く入らないようにしなければなりません。上下、左右、画面の隅々まで力が働き、延び、拡がり、画面を充分に充たしながら、しかも適度の奥行きを表わすのです。さらに画面というのは、物に対する余白（実際には床や壁や空などであるが）も含めて画面全体がつり合い、均衡を保っていなければ緊張感は生まれないわけで、強い弱い、明るい暗い、柔らかい硬い、温かい冷たい、軽い重いなどの幾つもの要素が互いに引き合い響き合い、融合し合い、はたまた、反発し合いながら画面を安定形成するのです。

——HS先生

いいですねぇ、きれいです。調子がとってもきれいです。この場合、まっ黒とまっ白の両極端の色を使わずに、ハーフトーンだけで描いているわけですが、もっと時間をかけるとその両極の調子を描いてゆくのだか分かりませんが、ハーフトーンだけでわざと描くこともできる。調子のつけ方がただ全体にグレーにかけてしまうのではなく調子のハバをもってつけていくことが、手ができるようになったんですね。顔なんてすごくきれいです。影になっている感じがよく出ていて。この場合は足も、ただ線で描くだけでもいいから、描いた方がよかったですね。とてもきれいです。

――K先生

12／17

〈アジサイの絵について〉真ん中の枝でできる三角形が描けていない。右のアジサイが横に伸びて切れすぎていませんか。丸さを出してほしい。あと、細かいことになりますが、左のアジサイの下を少し暗くした方がいい。枝の線が強すぎますね。花よりも強くなってしまう。

〈消す〉ずっと楽になった。それでいい。色がとてもきれいです。

〈ローランサンについて〉ああいう風に描いてみたんだけれど、あの顔はまっ白かと思ったら、まっ白にするとオバケみたいになっちゃうんで、ビャッとピンクがたくさん入っているんですね。ボヤボヤッとしているのだと思ったら、意外にたくさん色を使っているのでおどろいた。
目だってまっ黒なのに、あの人が描くと飛び出さないんです。唇なんて、ものすごく細心に描いていて、非常にデッサンを考えてる。腕なんかも、スッと棒みたいに描けていながら、その実、すごくデッサンしている。私なんかがあんな風に描いたら、本当に棒切れになっちゃうんですよ。

――O先生

12／21
いいです。もう一つ一番明るい部分と、暗い部分が描けるとよかった。でも、形もいいし、良いです。

――K先生

1983年

1／11

細部へのとりつきが大変よい。ただ、それ以前に紙に全体を入れることが前提であって、この場合、足が切れてしまうから、全体のプロポーションを考えて、直さなければならいけない。

自分のデッサンを見るのに、悪い所ばかり見ていって、悪い所を直すことしか考えないのではよくない。いい所も見なければいけない。そうでないと、直すことにばかり夢中になって、良い所をだめにしてしまうことがある。人によっていろいろな形があっていいのです。ある人は人体を太めに描き、ある人は細めに描く。が、リンゴはリンゴでなければならず、ナシであってはいけない。時々、リンゴの形をしていないリンゴがある。その時は、リンゴの形に直すことさえある。人体というのは普段から見なれているから、リンゴとナシの違いに気づきやすいこともあって、人体デッサンが一番、まず間違いないのです。

——T先生

面で見ていかないと奥行きが出ません。色はとてもきれいなんだけれども、初めから顔だけを描く予定だったのならば、もっと真ん中に描くべきでしたね。構図の誤りです。こんどは別の方向から見て描いてみるとよいですね。

——K先生

1／14

まず、物を見ないで、間を彫っていって下さい。まずは大きい所から見て彫っていくわけで、細部はその後にします。この場合二ヵ所の三角形になる一番深い所と、一番手前になる瓶との深行が一番のポイントになるのだから、まずそこから描いてゆく。まっ正面から見てたって、瓶の横の面を描いちゃっていいんです。……そこまで描けたら、細部も彫っていっていい。ものすごいきれいな色ですね。コツがつかめてくると、案外楽でしょう。まだ白い部分が残っているのに、ちゃんと瓶があるべき位置にあって、ボリュームがある。こうなると、白いままで残しちゃうか、どうにかするかは、好き嫌い、センスの問題です。こういう描き方をすると、白いままで塗らなくたって、出っぱる所は出っぱるでしょう。だから、牙えた色が出せるんですね。そうでないと、出っぱらせようとして、絵具を山のようにもりあげたって、ひっこんじゃったりする。……すっごく魅力的な色です。

でも、まだ空間意識が弱いですね。一回目だからかもしれないけど。こういう描き方を何回もして慣れてくると、一番奥を赤とか黄色とか強い色にして、色面構成とかにしていくこともできるし、逆に、細かく描きこんで、ものすごく写実的にしていくこともできる。あるいは、ジャコメッティのように空間を追求していくことによってデフォルマシオンしていくとか。どっちにしても、どっちにするか方針をはっきり決めてかからなければならない。

緑の瓶がものすごくいいですね。必然性がある。これはこのままでいいくらいです。花もすごくいい。真ん中の瓶と左のグラス、右の壺をもっとよく見て描いていくといい。……初めに引いた線というのは必ず仮定であって決定してはいけない。見ていれば見ているほど目はだんだん見えてくるものだから、初めの線はあてにならないから、どんどん直していかなければならない。ピカソなんて、これ以上いったらこわれちゃうという寸前の所までもっていっています。そこまでもっていった絵というのは、これでいいだろう程度の絵よりも、必ず強いんです。

——O先生

1／15

物に影をつける時、バックと同じ色で影を描いていったりすると、画面全体にスッと物がとけこみます。たとえば、この場合、かごの影の部分は茶色っぽいわけだけれど、バックがブルーだからブルーで影を描いちゃうと、まるで宇宙の中にかごがあるような、不思議な感じです。

——O先生

1／18

〈緑のミューズ・コットン紙に白コンテと木炭〉大変ていねいな良い描き方です。緑を半調子として見ながら描いているのもいい。半調子が見えます。これはとても大切なことです。背中というのは、丸く出っぱるだけでなく、いろいろなへこみがあるものです。そういう所も丹念に見ていったらいい。木炭の色とコンテの白をつなぐために鉛筆も使っていったらいいでしょう。

——T先生

形はいいんだけれども、輪郭線を使って、形をはっきり描いていかなければいけない。ただくり返していくのではなく。手の位置は一センチくらい下がいいでしょう。顔とか耳とかも具体的に描いていった方がいいですね。描くべきところはちゃんと描くということ。

ひさしぶりに一日で全身を描いたと思うけど、どうでしたか。どうですか、ちゃんと形を描いていった方がいいでしょう。ただ同じことをくり返すのではなく、背中など調子を作りながら、同時に形も描いていくというように、場所によっては細い輪郭線で描くとかしていった方がいいですね。ただ初めっからそればっかりやると説明的になっちゃうんだけれど。

平野さんがいつもやるように空間を描いていくやり方だと、空間とか雰囲気とかは出るんだけれども、いざという時に、物が描けないということになっちゃう。両方を同時にやっていくといいですね。この場合、足はこれでいいですね。省略した形で。でも顔が向こうを向いていて描けないから、耳をもっとしっかり描くべきでした。耳はもっと描けるはずですよ。

鼻とかが見えていれば、また別だけれども、この場合、耳を描くことで人間らしさが出せるとよかった。あと、手の指とか。

——K先生

1／21

〈赤布とバケツの静物について〉ものすごくきれいな赤。いいですね。バックの黒をもっとずっと明るくした方がいいです。せっかくこの赤なんだから、バックが暗くて面積が広いから、そっちに目がいっちゃって、もったいないですね。もっとずっと明るく、床よりちょっと暗いくらいにして下さい。物は大変けっこうです。

〈明るくする〉この方がいいです。赤がずっときれいに見えるでしょう。金属の冷たくかたい感じがよく出ている。布も感じが出ていますね。バックはあんまり暗くしない方がいいですよ。時間もかけているからいいですね。やっぱり、あなたは布より、金属の方がうまいわね。かたい感じがよく出ている。今度一回布を描く練習をしてみましょう。〈彫っていく静物について〉この場合も、一番深い所だからといって、あまり暗い色にしない方がいい。暗い色にすると、明るい部分がうんと出っぱってきそうに思えますが、かえって暗い所に引きずられて画面全体が出てこないことがありますから。

バルセロナでの展覧会への募集が『美術手帖』に出ていたから、ダンナと二人で出してみたら入選したの。バルセロナでの展覧会でも入選したらしい。だから、スペインに移住しようかと思っている。でも、本当はニューヨークの方がいいの。スペインに行ったってどうしようもないけれど、ニューヨークならいいでしょう。だから、今、ニューヨークにモーションかけて、画廊に絵の写真と英文の紹介状を送ろうと思っている。それで、ダメだったらバルセロナにしようかと。

あなたの場合、若いんだから、もっとイイですよ。ただ、持続力はあるけれど、チャレンジ精神がちょっと足りない気がするから、もっとチャレンジしたらいいですね。

――O先生

1／22

エッチングをやってみたらどうでしょうか。向いているのではないかと思う。この間の静物にしろ、以前の水差しにしても、ああいう金属を描けるというのは、すごい集中力ですが、エッチングもそうでしょう。もちろん油絵もやっていく上で。そういうのはメディアだから、自分の表現にどんな材料が最も適しているか、ためしていくことも大切ですね。

〈ペン画で紙の白と墨の黒の面積、形の問題について〉そういうのは、絵において大変重要なことです、分量というのは。

――O先生

絵は、お隣さんの絵とくらべてたらダメですね。お隣さんとくらべて、お隣さんよりうまくなろう、と思っていたのでは。巨匠の、歴史に残ったような絵とくらべて、それに勝とうとすればいいんです。

――O先生

1／25
輪郭線がこのような鉛筆の一本の線だと、何だか、切れているみたいに見えます。今一つほしいですね。
〈次のクロッキー〉こっちの方がまだいいです。布のこの線がちょっと強い。布のこっちの線も。これならない方がいい。強すぎて調子っぱずれですから。
――K先生

1／27
〈静物、一つの物のデッサンと油絵について〉君は、質感を出すのがうまいね。油絵なんか、ヴァイオリンの木の質感がよく出ているよ。デッサンもなかなかいい。描いているのが楽しいという感じがする。それに、形に迫っていけるような所がある。

だけど、ヴァイオリンの油絵は、弦を張る所なんかの黒い所、黒すぎると思わない？　アイボリーブラック？　僕はアイボリーブラックだけというのはどうも賛成できない。何か、他の色を混ぜるとか、もうちょっと、どうにかした方がいい。服を着る時だって、黒と茶色と合わせたりする？黒っていうのは強すぎるよ。絵を上下さかさまにしてみると、それがよく分かる。そういうのは、あんまりいいやり方じゃないんだけど、見なれないという意味で。

影も明らかに強すぎる。バックはあれ何？　壁。質感の出すぎだよ。丸太か何かの壁のずいぶん変わった家に住んでるんだと思っちゃった。机の布が、ナマな感じがする、赤っぽい色とか混じっていて。茶色との調和を図ったんだと思うが、グレーっぽいような方がかえっていいと思う。

〈絵を手にとってみて〉この布は、明らかに色の混ぜすぎだね。それに、あなたの場合は、パレットナイフは使わない方がいい。布なんか描けなくていいから、もっと自由な気持ちで描いていって。質感は非常にいいのに、いまひとつ、思い入れというようなものがほしい。スズキヴァイオリンだか何だかのパンフレットならこれでもいいけどさ。

ヴァイオリンのデッサン、ちょっと、ねじれているね、壺のデッサンの方、これも質感がよく出てるね。もうひとまわり大きいとよかったかな。普通、中心軸なんか、曲がるんだけど、これはいいみたいだ。いいものを持っている。だって絵を描くのは楽しいでしょう。楽しいのが一番なんだよ。

それから、日頃から、気に入ったモチーフを集めておくといい。あんな、机の上のものだってモチーフになるけど。何か、ゴテゴテかざりなんかついていなくて趣味が悪くないものを。そういうのは分かるでしょう。レインコートを丸めたのと、ワインの瓶とか、パンとか、そういうのもおもしろいんだよ。トンコツとビンなんてすてきでしょう。

〈並べてみる〉トンコツなんて君に向いているんじゃないかな。質感が出せるから。ブタっていうのは、すごくきれいな顔してるんだよ。そう思わない？　トンコツは色もいいし、きれいでしょう。あなたはデッサンもいいし、色もいい色出せる。頑張って絵を描いて、もっていらっしゃい。送るより直接指導の方がいいんだよ。

——Y先生

1／28

もっとバックを明るくして、バンバン前に出るようにしていって下さい。明るくした方が、彫った所が彫れて見えるでしょう。暗くするとひっこんで見えるかというと、必ずしもそうじゃない。不思議ですね。明るくした方がずっといいです。前に出そう出そうとしながら描いていって下さい。

——O先生

二度塗り、三度塗り、というのは、ただ重ねて塗るのではなく、そのつど直していくということです。

——O先生

1／31

制作とは、キャンバスに向かいあっている時ばかりではない。画家は、モチーフを筆で画面に移しかえる運搬人ではない。見つめること、感性で受けとめること、思索し構築することで、自分の内なる「世界」を画面に与えることだ。

——Y先生

2／1

〈ミューズ・コットン紙に白チョークで描く〉ていねいによく描けています。

輪郭線の処理の仕方は、皆さんの中で一番よい。きれいです。しかし、プロポーションがおかしい。おしりの長さが短く、足が長い、上から見おろした位置から描いたのだから、形が狂うとしても、逆の狂い方をするべきだった。上より下が短くなるように。そういうのはデフォルマシオンですから。アングルもやっている。白の分量がちょっと多かったですね。もっと少ない方が肌の色が出ていてよかった。これでは白くなってしまっている。

でもよいです。モデルさんに対して愛情を持った見方をしています。モデルさんを切り刻むような描き方をする人もいるんですよ。人柄が出るんです。おやさしいんでしょうね。

——T先生

気をつけないと。顔がつまって見えます。あと二、三ミリ顔を長くしないと。

——K先生

2／4

レリーフみたいに彫っていくわけだけれども、絵なのだから、それだけというわけにはいかない。手前に出したい所を、今度は彫るのとは逆にバンバン前に出していくことによって、手前の面を作ってしまう。そうすると絵全体がグッと前に出てくる。彫る所というのは、一ヵ所か二ヵ所にしぼって、あとは前に出していくくらいの方がグッと奥行きが出ます。

形が非常におもしろいです。が、出す所をもっとまっ白にしちゃうくらい出していっていいですネ。

――O先生

色つきのミューズ紙に白で描いてもらったのは、すでに紙に半調子がついているのだということ、木炭紙や他の白い紙の場合は、無意味に白いのではないのだということに気づいてほしかったからです。

デッサンは、完成させようと思って描かない方がいいですね。未完成の状態で非常に完成度を感じさせる絵もあるし、完成させようとして、かえって中途半端な感じのする絵になってしまうこともあります。

——T先生

2／8

だいぶできてきましたね。左足の上の方が惜しいな。これでは、ズボッと同じ太さだ。ここは直した方がいいです。あと顔もちゃんと描いてやったほうがいい。右足がとてもいいです。よくできている。

〈受講生Sさんの絵と並べてみて〉こうしてみると、調子自体はそんなに違わないのに、Sさんのは調子がつながっておらず、平野さんのは非常によく調子がつながっている。Sさんは、ただむやみにこするのではなく、いろいろな調子を混ぜていかないと調子をつなげることはできません。

たとえば、平野さんのは、後ろに回っていくあたりを布で木炭をすりこんでいるけれど、そうすると、スッと後ろに回りこんでいくでしょう。それから、背中側なんか暗いんだけれど、いちばん端にはちょっと明るくなっている所がある。そう描くと形が後ろに回っていくし、実際によく見るとそうなっています。平野さんのは左足がおしかった。右足はたいへんいいです。

油絵具の特質は、基本として、重ねていくことにより発揮されます。薄く塗ったりかたまりでつけたり、結局は自由なわけだけれども、絵具の特色は、塗り重ねることで色を出すことです。あの壁に貼ってある絵なんかでも、そうとう塗り重ねてあるわけで、ハケのあとなんかが見えるけど、キャンバスの麻の目が見えないマチエールになるくらい塗ってあるわけです。

デッサンはただ漠然と描いていてもダメですね。いつも頭で問題点を考えながら描いていないと、同じことのくり返しになってしまいます。絵は、頭で分かっているだけでは描けないもので、手で理解しなければ描けないのですが。ある日、突然うまくなったりします。

――K先生

2／15

顔と髪の所の解釈の仕方ですが。髪や赤い布をあまり真っ黒にはせず、こうやって丁寧につけていって、手数をかけて描いていって下さい。この絵の場合、顔は重要な部分ですから、足なんかは、線だけでもいいですが、描くべき所をしっかり描くこと。頭の後ろから、顔の方に描いていくより、顔の方から頭の方に描いていった方がいいですよ。あと、布のおり目を描いてやると、布の質感が出ますね。

髪の所は描かなかったんですか。描けなかったんですか。布はこういう風にコツつかんじゃうといいですね。腕がちょっと短いんじゃないかな。

細いのかな。ヒジの所が。

——K先生

2／17

〈瓶の静物画について〉たいへん良いです。形がとてもおもしろく、シャープな形です。この場合、形が尖鋭であるから、色を強くしなくても、強くなります。後ろの細長い瓶が大変良い。花のあたりもとてもすてきです。形の一つ一つが瓶も花もするどい形をしているんだけど、一番左端のグラスだけは、まだ未消化の感じがします。おもしろい持ち味ですね。

——O先生

2／18

漫画家は大量に絵を描くから、何百ページかある漫画の本をめくっていくと、一枚か二枚、きっとすごくいい絵がある。漫画にだって良い所はあります。この場合、髪の毛なんて、きれいに描くのが巧いと思う。

――O先生

2／22

全部を同じように描いていくのではなく、重要な所、特に変化していく所をよく描いてやる。横向きの人間であったら、たとえば鼻の筋なんかほとんど描かなくても見る側にそれを推察する力があるから、鼻の下側を描けば鼻の高さを感じさせることは充分できる。そして肩をよく描き、やはり次には肘が重要になる。そういう重要な所を重点的に描いてやる。

たとえば、腕よりも前に出ている膝を前に出したい時には、腕をひっこめようと思って腕ばかりせめるのではなく、腕の彩度を落とすと同時に、膝をよぉく描いてみるといい。そうすれば、腕と膝の距離は出る。木炭のいい色を出すこと、これはもう手数を入れるしかない。

――A先生

足をクロッキーみたいに線だけでいいから描くといい。フワッとした調子がきれいで、それが持ち味ではあるんだけど、もっと肌のしまっている感じを出せたら、いいねぇ。胸やおなかや腕の肌の違いなんか。

この人はベテランだね。うまいねぇ。相当やったんでしょう。描きたい所がはっきり描けているし、うまい。研究するべき問題としては、腕の脇とおなかの脇の所の木炭が、実際にあるべき場所よりも、少し前に出て見えるね。木質な感じがする。だけど、いいね。スポッと大きく入っているから、余白の空間の中で強い。

――OT先生

モナ・リザなんか十年くらいかけて描いている。だから、モデルを見ないで描いている時が、相当あるわけだ。人間の顔なんかは、どういう風になっているのか、憶えちゃうといいね。

――OT先生

2／26

〈グリューネワルトが好きであることに対して〉そんな感じしますね。あなたの静物画なんて見ても、そういう感じがする。フランス風ではなく、ドイツ的、北方的です。

〈空間について学んだ後は、抽象ではなく、写実的方向に行くことに興味があるということについて〉それはいいですね、ああいう絵が描ける人は日本人には少ないです。それに、他の人にない、いいものを持っている。そっちの方に行くと、本当にいいと思います。それに、彫っていく練習、あれは、写実的に描くにしてもとても重要です。一つ一つの物自体は、普通に描いていっていいんだけれども、画面全体の画面構成には、どうしたって必要です。それがないと画面全体がガタガタになってしまう。

物語のある人物画を描いてみませんか。グリューネワルトの場合はキリスト教の話で、我々がキリストの話なんか描くと変になっちゃうわけだから他のもので……。

〈釈尊の十大弟子を描くことに以前から興味があることについて〉それは、いいですねぇ。ぜひ、描いてごらんなさいよ。

〈人体のマッスやなにかよりも細部や、表情的な部分にこだわってしまうことについて〉日本の洋画の多くは、印象派以後の流れだから、そういうことにうるさいけど、グリューネワルトやなんかだって、そういう細部を描いているでしょう。マツゲの一本一本まで描いたっていいんですよ。一人に一年間かかったっていいじゃない。モデルがいなければ、想像で描きながら、分からない所は自分を参考にするといい。ぜひ、描いてみるといいです。

——O先生

〈鉛筆で彫っていくデッサン〉やはりどっちが前にあるとか、位置関係を常に意識しながら描いていかなければいけません。鉛筆っていうのは、きれいな色ねぇ。憎いくらいきれいな色。

——O先生

3／1

同じ絵ばかり描いていると落下しますね。常に変えていかないと。そういった意味でも、ピカソは怪物ですね。ユトリロなんか同じ絵をずっと描いていたけれど、あの人はダメになっていきましたね。

——T先生

この人は、うまい人なんだけれど、この前よりは今回の方が苦労してたね。モデルさんが動くからさ。それでね。でも、胸からおなか、腕なんかにかけての描きっぷり、見るべき所あるよ。一言言いたいのは、顔だね。日本人ってこんなに鼻高くないし、頭も絶壁。鼻筋をはっきり描きすぎたせいで頭のかたまりが後ろに回っていかなくなってしまった。

絵は、常に相対的なもので決まってくるから、画面をよく見なくちゃいけない。絵は、自転車と同じで、一定よりも下手になるということはない。

――ＯＴ先生

３／２

こんなことを言うと生意気かもしれないけれど、色彩や形や構図などというのは西洋の方がまさっている。しかし、「心」という点では、日本の方がすぐれているのではないかと思います。その西洋の色、形に日本の心を入れることをＫＭさんはやろうとしているんですね。

千葉でやった展覧会を見に行きました。あんなに感動したイベントはありません。十五歳の時描いた絵というのがあったけど、あのくらいの絵なら、画家といわれている人にゴロゴロあるという感じね。あの先生はものすごく感受性が強いのね。それが実に大切なことなのではないでしょうか。遠将に死なんとする白馬の絵があって、その目がものすごくきれいなの。

くから見ると、同じ目の色なのに近づいて見ると、一方が青色で一方が緑なんですよ。大作の絵などは、神々しいようで直視できないというほどでした。

その一方でどうしてこんな状態で絵を描いているんだろうと思う絵もあった。子供や妻に食べさせるお金もないのに、水だけ飲みながら描いた絵とか、なんというか、まぁ、悲惨で、貧しくて、見ていられないですよ。絵というのは、その人の生き様ですからね。

ああいうのと、KMさんの絵を見ると、同じ人間なのに、何て違うんだろう。エネルギーとか感応力とか、同じ人間なのにどうしてあんなにも違うのかと思いますね。

〈「どうして同じ人間なのにそうも違うのか、なぜそんななのに描くのか、と言われたら困る人はいっぱいいるんじゃないですか、たとえば私みたいに」と言うと〉だからこそ描かなければならないんじゃないですか。研鑽を積むことですよ。技術の研鑽も、他の面でも。いろんな経験をして、いろいろなことに出会って。

〈低い次元の表現が多いことに対して〉横山大観の絵は特別なんだそうですよ。大観の表現は次元が高くて、まさに人間をさえも超えんとする、人間を超えてしまうような表現なのだそうです。

女性には、男性にはとても太刀打ちできない女性だけの持ち味があります。女性にしかない、別の強さもあります。でも、そういうのは、〝女の子〟ではなく〝女〟になってからですよ。二十年先を楽しみにやっていってもいいんじゃないですか。

——S先生

人間の体というのは皆、二つずつついているわけだけれど、その二つをまるで同じに描いちゃうと、絵として非常に退屈なものになってしまう。実際よく見ると二つは同じ形はしていないんだけれども。

——OT先生

3／3
絵が澄んでいるよ。澄んでいて、透明感がある。三つとも。それに木炭の色がきれいだ。かごと靴のデッサン、これが一番いいと僕は思うよ。これはおもしろいものを描いたね。色もきれいで、暗い所でもただ黒いのではなく、色を感じさせる。時間もかなりかかってるでしょう。十時間？そんなものかなぁ。もっとかかっているかと思った。
この場合、机も平らで張りがあるのに、壺とリンゴのデッサンの方は、机がグニャグニャとしていると思わない？　壺のかたさは非常に出ていていいのに、リンゴが壺と同じくらいかたい。これじゃ、かじったら歯が折れちゃうよ。金属的な感じがする。その欠点がモロに出たのが油絵の方ね。机がグニャグニャしちゃっている。どうしてこんな風になったの？　気づかなかったの？　平野さんは素直な所がいい。リンゴに気取られちゃって気づかなかった？　それに、リンゴのキラッとした白ね、入れない方がいいよ。ほんのちょっとの白なんだけど、そのせいでリンゴがものすごくかたくなっちゃうよ。

モチーフは、普段から集めとくといい。ほんのちょっとしたものでいいものがある。あなたはやる気があっていいね。

——Y先生

3／4

男の人というのは、押していくという点で大変強いけれども、壁にブチ当たると、ボキッというような所があります。女の人は、押し進むことでは弱くても、なかなかボキッと折れませんよ。

——S先生

音楽の場合、聴いて涙を流すということはよくあるでしょう。クラシックでもポピュラーでも、演歌でも、感動して涙が出るということがよくある。

ところが、絵の場合、見て、感動はしても、涙が出るということはなかなかない。モナ・リザを見たって泣けてくることはあまりない。感覚にうったえる種類が、どこか違うんですね。見る側の状態がよっぽど高まっていて、描く側と同じくらいになっていないと、なかなか絵を見て泣くということはない。

絵は感覚だと言うけれども、絵というのは、非常に、理論なんです。頭脳プレーです。音楽でいえば、演奏よりも、作曲に近いというのでしょうか。泣いていたら作曲はできません。見る側に錯覚をおこさせることです。空間を感じさせることです。

——O先生

3／6

運命を予知するということは、運命を変えていくことができるということである。

——K師

人間はいつでも岐路に立たされ道を選択していて、それが結局どう出るかは分からずに選択させられているわけだけれども、分かれ道には必ず陰と陽があって、いつも陽の方を選び取るようにしなければいけません。自分を矯めていくこと。枝を矯めるように、矯めると、反動として勢いがつく。

——S先生

何かに遭っても、必ずそれを乗り越えていってしまうところが、あなたのいいところです。殺したって死にませんよ。

——S先生

3／7

平面的でデザイン的な絵画もあっていいわけですが、絵画とデザインとの違いは、たとえ一ミリの厚みであっても、絵画には〝空間〟があることです。

——O先生

3／8

横向きのデッサンの場合、顔の向いている方の空間を広くして構図を取るのが、ごく普通なのですが、逆をやることによって、画面に緊張感を出すことができることがあります。ただ、その場合は、背中側の空間の扱い方がむずかしいわけですが。

どこかで、デッサンを習っていたんですか。木炭に慣れていますね。この場合、頭がやや大きく、足が少し小さい。このポーズだと腕で顔がよく見えないわけですが、見えない所も、どうなっているか、考えながら描くといいですね。

——T先生

上半身と下半身が合っていないね。どうして合わないかって。下が大きすぎる。顔やなんかとくらべて、膝とかこんなに大きくないでしょ。調子はいいね。

〈座って木炭をとって〉もうちょっと顔を大きく……。腰骨があるでしょ。こういう所は大事にして描いてやった方がいいよ。形はそんなに狂ってないね。微妙な所が違う。

デッサンの場合、白いバックがスッと入って見えるのはいい、バンと紙の白に見えるのは、ダメ。あなたはその点、いくらか分かってきているのね。でも、日よりがいいとうまくいくんだけど悪いとできない、まだバックは仮免だね。

――OT先生

3／9

眼高手低を嘆いているが、よい物を見なければよい物は創造できない。三菱石油では最近、海外へ技術指導のために人を出している。それも現場のオジサン達を。一昔前はアメリカ等から教えてもらっていたものだが、よい装置を集め、きめ細かく動かしているうちに、いつの間にか世界に通用するようになっている。

大きな池で育てないと、大きな鯉は育たないという。小さなグループでソコソコのポジションを目指しても、ソコソコにしかなれない。認められずに終わっても何ということはない。ノンビリ、ユックリやれ。

——父からの手紙より

3／10

いろいろな先生に習うというのはいい。今までまったく知らなかったことが、急に分かるということがある。

——ＯＴ先生

ヨーロッパに行くといいですよ。でも、ヨーロッパというのは過去の国だわね。文化遺産というのはすばらしいけど、未来への息吹というものが、まったく感じられない。過去の遺産にすがって生きているという感じよ。イギリスやフランス、スペインなんて特にそうです。イタリアのミラノあたりと、西ドイツに、少し未来への息吹が感じられるけれど。中国は暗い国だわね。でも、底力があります。

——S先生

3／12

半分は失敗する。塗り物と同じでね、油絵具を重ねていって、最終的に決めて、でき上がりという予定があるから、半分失敗して、細く切り刻んでごっそり捨てちゃう。

——OT先生

3／15

足の所、横に引いた線（ハッチング）みたいに描いているけど、たしかに、こういう風にしていかないと、足の面が描けないで、足が丸くなりすぎます。腰のあたりでも、よく見ると、骨盤が薄く見えて、丸くはなく平らになっていて、部分的にはかえって、ひっこんでいる。そういう形を描いていってやらないと。

ハッチングのような線が最終的に残ってもいいですね。近くで見ていると気になるかもしれないけど、ちょっと離れて見ると気にならないでしょう。もっと面的な見方で線が入っていっていい。そうしないと、なかなか中身の形が描けません。

こすりすぎではないよ。このぐらいすりこんで、それでその上に、もっと、そういった線のようなものを重ねていくと、非常にいい木炭の色が出るんです。こすっただけで、それがないから、自分では一生懸命描いたつもりでも、今一歩です。

――K先生

〈描きかけの絵を額縁に入れてみる〉間が抜けてないですね。いいです。このまま描き進めていけばいいです。描き始めの頃に、一度額縁に入れてみるのもいいです。そうすると、構図などが決まっているかどうかがよく分かります。

〈鉛筆で〉花など彫っていく場合にも、瓶などと同じように、大づかみにつかんでいき、まず塊で見ていきます。初めっから、一つ一つ細かい所から描いていくと、全体がシッチャカメッチャカになってしまいますから。

——O先生

先祖の霊を供養すると、供養すればするほど霊位が上がり、子孫を守る力が出てくる。同時に守護霊を持つことができるようになる。しかし、感謝をせず、供養することをやめてしまえば、悪くなってしまうだろう。

——K師

3／22

〈クロッキーについて〉これは、この間の木炭デッサンと同じ感じですね。調子は、そんなにつけなくてもよいから、輪郭線を、もっとよく見ていって、所によって、もっと微妙な線をしているはずです。左足が少し後ろにあるあたりなんかは、後ろにあるということを強調するために、影をつけていったりしてもちろんいいわけだけれど。全体に調子つける時間を、もっと輪郭線をよく見ることに使って下さい。線と調子のつけ方のバランスが問題になるのだけれど。

〈座って、コンテを持って描きながら〉見方が近すぎますね。細かい部分にとらわれすぎています。だいたい、もっとおしりの所が大きくて、微妙な線をしている。位置と大きさね。コンテだから、こうやって大胆に色をつけていってしまっても、上から線を引いてものるし。足なんか、もうちょっと長くなるかもしれませんね。足の先っぽのへんは、平野さんの方が僕よりうまいでしょ。

——K先生

3／24

何よりも人格を高めることです。人間修養をすること。だって絵というのは、結局、そういうものでしょう。

あなたの場合、注意されたりすると、すぐその反応を顔に出すでしょう。そんなことじゃ、誰も何も教えてくれなくなりますよ。謙虚に聞くような人にしか、誰も教えてくれなくなりますよ。いろいろな人から、いろいろなことを教えてもらえるような人にならなければダメですよ。

もちろん、誰にでも謙虚になれというわけじゃない。あなたのことを本当に考えてくれている人の言うことは、謙虚に聞けというわけです。あなたのことを考えていない人の言うことは、風みたいに素通りさせてしまっていいのです。画家はいっぱいいるけど、いくらやっても埒が明かない人がいる。運が悪いとかよく言うけれど、どうしてだと思いますか。〈能力がないから。能力とは人格とかも含めて、能力がないからだと思う、と言うと〉私もそう思います。あなたは頭がいいから、そのことは分かっている。でも、じゃあ、難問を今日出しましょう。世の中に画家はたくさんいる。そのうちの、七割か五割くらいの人は、自分でも才能がないのが分かっていながら、絵を描き続けている。なぜだと思いますか。そのことを、考えていらっしゃい。

——S先生

3／28

〈法隆寺金堂壁画について〉これは、ものすごく厳しい形です。昔、模写をしたことがあるんだけど、非常にきれいなのに、模写をすると、女みたいに（弱々しい厳しくなく）なってしまう。それに色がはげて細部が見えなくなっているものだから、かえってすごいボリュームがある。

目がいいということは、心眼があるということです。

――O先生

――S先生

3／29

頭の所、よく考えたね。布と体の境目の所、白く抜いてあるけれど、これだとなんだか切り抜いてあるみたいに見えます。油の場合はこういう描き方もあるけれども、デッサンの場合、紙の白と肌の黒をくらべてみると、ちょっと。この場合は、むしろ、あたりをつけた時の線のまま、ぼやかしてあるくらいの方が、実在感があるでしょう。上の方の光が当たって、白い所でも、このへんは、実際には輪郭線なんてないわけだけれど、描いてやった方が、リアリティが出ます。髪の毛なんて実際にはこうなっていないけれども、髪の毛の感じを出すためにこう描いたんでしょう。ウソを描くわけじゃないけれど、本物のままに描くだけというのではなく、あるように描くのがデッサンだから。

輪郭線なんか、もっと変化があるはずです。暗い部分と明るい部分とでも。そういうのがないから、足二本なんて、色味は非常にあって調子はいいのに、退屈です。足は違ったねじれ方をしていたんだから、もっと微妙な違いがあったはずです。木炭デッサンでも、調子をつけることは最小限におさえて、輪郭で見ていく描き方もあります。今度やってみるといいですね。

——K先生

家にデッサンを持って帰ると、一週間、壁に貼っておいて見ています。そうすると、次にどうやろうかとも考えられるし、冷静に見ることができる。それに、しまっちゃうのは、もったいない。あなたの場合、輪郭にもちょっとメリハリをつけたらいいのではないかしら。

——HKさん

4／5
このような描き方では、まぶたから鼻への奥行きを、とうてい表わせません。
――K先生

4／6
だいたい石膏像と静物なんておもしろいモチーフじゃないんだけれど、最初だからということで。油絵の特色は重ねていくことで、色を重ねるといい味がでます。あまり固有の色にこだわると色が使えなくなるから、色は自由に使っていっていいでしょうね。この場合、石膏像は白いわけだけれど、白だけじゃ表わせないから、いろいろな色が入っていっていいのだけれど、それでいて白さを感じさせないといけません。かわいたような白が出るといいですね。こうやって塗っていると、自然に次にどんな色を塗ったらいいかは分かるようになります。

この場合、（薄く油でといて）キャンバスの白を白でなくしちゃうと、石膏の白が感じられるでしょ。後ろにゴチャゴチャ見えているものは描かないで、一枚の壁のようにした方がいいですね。デッサンの時、いつも言っている光の方向性ということも。

——K先生

4／7

小倉遊亀さんが、〝こだわるでもなく、こだわらないでもなく、そのものの気持ちになってえがきたい〟と言っていました。真剣になってやってやればやるほど、壁につき当たるのだそうです。しかし、真剣になってやって壁に当たっているうちは、まだ、こだわっているのだそうです。お花と同じで絵も〝気合い〟で、今年は梅を描きたいと思っていたが、今年は（気合いが）だめでした、とも言っていました。このごろは、いいことがあったら、あなたに教えてあげようと思って美術に関する本も読んでいるんですよ。

本を読みなさいね。偏っているということも、偏った所はキラキラしているわけだけれど、丸があるとすると大きな丸から出っぱった偏りがキラキラしているのでなければいけません。小さな丸から出っぱった所がキラキラしていたのでは、理解できることが少ない。合う人とは非常に合うのに、合わない人とはまったくダメということにもなる。この世にはいろんなことがあるのに、少ししか味わわないで終わってしまうのはもったいないですよ。あなたは偏りやすい所があるのね。好きな本は、ほっといたって自然に読むものです。丸を大きくしなければ。哲学書を読むといいです。百年後なりに残っていくようなものをね。

——S先生

4／8

うわぐすりの感じがよく出てきましたね。布は右方はたいへんよいけれど、へりの所が上がっているのだか下がっているのだかよく分かりません。見る人に分かるようにしないと。まさに絹の感じですね。あと影をもっと描きこんで。

――O先生

4／9

私の友人が一年間くらいスランプに悩んでいて、たまたま家に来た電機屋さんに話したら、〝分からなくなったら、初めっからやり直せばいい〟と言ったそうです。いいことを聞いたといっていました。

――O先生

4／12

パンを使わないと。パンを使うから描けていく線もあります。

輪郭線は、一本の線で引いてしまわないで、こういう風にもっとかわいがってやった線で引くといいですね。この方が豊かな感じがするでしょ。

膝をもっとちゃんと描くとよかった。

——K先生

4／13

いいですね。なにか不思議な感じがします。色の感覚もいいし。デッサンとずいぶん違う感じがします。デッサンの場合、ガキッと描いているのに、これは色で見ているのね。この木のライトレッドはちょっと何か変えた方がいいです。

もう手を加えたくないという感じですね。いいですね。ポッポッと空間を感じさせます。向こうとまったく違う色なのに。石膏の下の所は、もちょっと暗くていいかな。

——K先生

うまくなりすぎちゃうと、左手で描いたりすることもあるんですよ、プロの人の場合。

——K先生

4／14

80号くらいのキャンバスに描いてみたらどうでしょう。少なくとも三枚くらい描けば、出してみてもいいですね。静物画なら通用するんじゃないかと思います。

影が微妙です。布もよくなりました。

――O先生

4／15

人物の場合、どのように何を描きたいと思っているのですか。人間がただ立っている所を描いたって絵にはなりませんよ。うんと煮つめたものがなければ。

〈説明する〉こういう考えは、具象より、抽象でしょう。じゃあ十大弟子の一人一人はどういう人物で、どういう所に感動したんですか。ただ待っていたって煮つまってはいかないものです。煮つめていかなければ。私たちが、展覧会に出品するのだって、せっぱつまらないとダメだからです。せっぱつまらないと人間は爆発しない。来年までにと言ったけれど、本当は今年の秋までと言いたいところなんです。スケッチブックを持ってきて、今度見せて下さい。

ここまで追いつめられると、自分の構想がまだだ、ということを感じるでしょう。私も椅子の絵を描きながら、どうしてこうなんだろう、いつも同じじゃダメだといつもいつも考えています。それは大変なストレスではあるけれど、そうでなければダメです。

——O先生

4／19

いいですね。顔と背中のあたり。首のところがもうちょっと感じが出るといいかな。顔は描けているのに。肩の抜けている所も大切ですよ。

〈私の作品を他の人に見せて〉一本の木炭で、これだけ調子が出せるようにならなければならないんです。肩から背中までの奥行きを出すために、これだけの調子の幅を使っているわけです。

――K先生

4／20

ここの緑が少し浮いて見えます。も少しくすんだ色にした方がいいでしょう。

このままでいいくらいなんだけれども、来週はバックをもう一回やって下さい。あまりきれいな色すぎるから、全部がきれいな色すぎるから、物のあたりの美しさをきわだたせるためには、もう少しバックをおさえた方がいいでしょうね。

キャンバスの大きさは関係ないんですよ。フェルメールって知っているでしょ。あの絵なんか写真で見ると１００号くらいに見えるんだけれど、実際には8号くらいなんですよ。空間が大きく見えるかどうかが問題なんです。

——K先生

4／26

腰の線と膝の所とでは、膝の方が強く見えるでしょう。なのに、同じ強さで描いてあるから、同じ平面上のものに見えてしまいます。もっと、どうにかしないと、座っている膝のあたりだけ描いてみるのもいいですよ。

——K先生

5／4

左手は入れなくていいですね。

西洋の名画なんか見ても、顔に肌色なんて使わずに、黄色に少し白を混ぜたのと何かを何回も重ねていくような塗り方をしています。

——K先生

5／4
世の中のことというのは、時間が解決するのですから、あせらないでやってちょうだい。
——S先生

誠子に花の絵は似合いません。金属とかガラス、布、陶磁器、木、そういったものが、ものの心が分かるのです。

——N先生

5／20
その後いかがですか。
このところ気候が不順で、皆調子をくずしているようです。あなたは素晴しい才能を持っているのですから、そのためにも健康に気をつけてほしいと思います。私なども、自分の体重を支えることさえできないヤセウデでも、自分の道を進み続けていればいつのまにか人に先んずることができるし、挫折が大きければ大きいほど、喜びも大きいわけで、三十年の間には厳しいことの方が多かったけれど、足もとにも行けないと思っていた人が、いつの間にか後ろにすぎてゆくこともたくさんありました。それは結果論として、才能を自分の都合で埋もれさせては、世のためにもったいない。天下に示して下さい。そんな意味をこの前もお話をしたのですが、言葉は虚《むな》しいと思いました。できればしつこく聞いていただけると幸いです。
長距離競走ですので、他の人からは、アホのように見えると思います。でも実って来た時は、人類の宝になるのです。体調をみながら、ゆっくりやって下さい。私はあなたの才能を信じています。また、お目に掛って……。

——O先生

亮子様

5／31

人間の顔を描くように。人形のようにではなく阿修羅のように描ける。

――O先生

5／?

K先生にできるだけ長く習えるように考えなさい。

――N先生

6／14

しばらくぶりだから、なかなかうまくいかないでしょう。来週もあるわけだから、下地づくりとして足のへんはよいけれど、プロポーションをもう一度検討し直す必要があります。足から下が長すぎるでしょう。

――K先生

6／15

あと二回しかないけれど、やってみますか。この間、一番初めのは二回目でいい感じにもっていけたでしょう。それみたいに。筆は柔らかいのばかりですか。もっと持っていなかったっけ。家に置いてきちゃったの？柔かい毛ばかりだと、絵具のつきが弱いから、ブタ毛のも持っていた方がいいでしょうね。このままの感じでやっていっていいでしょう。

筆のタッチは、荒すぎないように。もちろん、わざと残すこともあるわけですが、目を細めて見た時にもはっきり残って見えるタッチというのは荒すぎます。あんまりタッチをなくしすぎてもヌメッとしちゃうんだけれども。

——K先生

6／18

自分のことばかりカーッと見ないで周りの人のことも見ること。自分には厳しく、他人には寛容でなければなりませんよ。

あせっちゃいけません。人間には何もしないでボケーッとしている時期も必要なんです。いつもいつもダッシュしてたら、早死にしますよ。ボーッとして好きなことだけしていなさい。

本当にあなたがうらやましいです。すばらしい感覚を持っていらっしゃる。芸術家は、人生が芸術なんです。あなたがこの年齢にこうして苦しんでいることが、十年後、十五年後になって、どんなにすばらしいことになると思いますか。

川端康成が、前日にはパーティでさわいでいたのに、次の日にはガス管くわえて死んでしまった。その人生があると、彼の作品の味わいがグッと深くなるのです。うらやましいですよ。私なんて、イイ男いないかな、なんて思ったって、あぁ、あれは肝臓が悪いとかあれはどこが悪いとか、あれは運勢が悪いとかそんなことばっかり目に入ってきて、なんもおもしろいことありませんよ。

――S先生

〈レンブラントのデッサンについて〉デッサンも光を感じさせる。どんな小品でも光の方向が分かる。数本の線を描いた単純な形でも、無数な細い線で描いたものでも、その線がまるで黒い光線のように見える。

――SJ先生

6／?

そんなに心配しなくたって、もうなりませんよ。九年に一ぺんくらいなの。ならないって。

〈最もすぐれた十大弟子のデッサンとグリューネワルトの肖像をメチャクチャにしてしまったことについて〉心配なら、絵をお母さんに管理してもらいなさい。一番いい絵をビリビリにやぶいちゃったって。あなたは気性が激しいからそういうことをしてしまうのね。でも、これからもっといいのを描けばいい。もっといい絵を描くことを、明るいことを、考えていらっしゃい。雨だから、ゆううつにもなるけど、ビートルズでも聴いて元気出していらっしゃい。

——S先生

6／？

〈肖像について〉これは誰がお描きになったんですか。すばらしい絵です。お坊さんの絵の方は、まだ少しシロウトっぽさがあるんだけれど。こっちはプロの絵です。この描き方で大きなキャンバスに人間を描いたら、通用しますよ。（サン・シックトポピーオイルで何回も重ね描きをした）

——O先生

6／21

明るい部分の輪郭線と、暗い部分の線が同じになっては困ります。これじゃ同じ線でしょ。明るい方はパンで消して線を描き直してやらないと。だいぶ苦労していたみたいだけれど、プロポーションも、もどって、最終的にはまとめましたね。どうにか。

――K先生

6／22

肌色は無理に肌色にしようと意識しなくとも、暗い部分の暗さ、明るい所など描いていくうちに自然と肌色になります。

だいぶよくなりましたね。顔と頭のへん、たいへんおもしろい。ただバックと肌の色のコントラストが強すぎます。も少しバックを明るい色にするか、肌の境目を暗くするかしないと、ほら、実物はもっととけこんで見えるでしょう。

〈フードについて〉二回でこれだけいけたのはよいです。ただ下の方がまだ描き不足です。

――K先生

6／25

昔はアトリエは北向きと決まっていましたが、今では北向きである必要はありません。電気のある所から電気のある所へ絵を持っていくのだから。電気の光で描くことが多いわけです。広い方がいいです。私などは三所帯入れるくらいのアトリエを持っています。

いい絵を見て悪い絵を見ないことです。そうすると、自分の絵のどこが悪くてどこがいいかがよく分かってきます。

いい絵を描くことです。うまい絵を描くことではない。うまい絵という〝うまさ〟にはいろいろあるのだから、うまい絵を描こうと思うより、いい絵を描こうと思うこと。絵をたくさん見なさい。

――KM先生

天体にも日食があるように、人間などは言うまでもなく、満ち欠けがあります。体の面でも精神の面でも。でも、今、こうしてスランプでどうしても描けないと言っているのと、まるで逆の時が必ずくるんですよ。〝先生、描けちゃって描けちゃってしょうがないんだ、なんでも描けちゃう〟というような時が。しかし、それを自分でコントロールできるようになることがプロということでしょう。プロの野球選手だって、スランプで一本も打てなかったら、本当のプロとは言われないんです。先生だって何回漢方をやめようと思ったか知れませんよ。

——S先生

6／27

描けないのなら、絵を楽しんで、スケッチでもなんでもしていなさい。納得いくものが描けなくとも、絵を楽しむことはできるでしょう。小さい絵を描いて。できたら、ちょうだい。葉書の大きさでも。

——N先生

デッサンの先生が非常にいいし、これだけよく見て描けるのだから、油絵もよく見て描くように。バックの色がもし気にくわなかったら、気にいるように、実際に（勝手に空想でかえないで）布や紙を貼りかえて描くように。モチーフと、ありがとう、と会話ができるようになればすばらしいものが描ける。

十大弟子のバックが人物中心になって、黒とかグレーにならないように、広葉樹林の中を行く十大弟子なのか、高野山または、シルクロードを行く十大弟子なのか、バックの影色もその場に行って、写生する必要がある。木や森を描く練習をしなさい。

デッサンにくらべて、油絵の場合、たとえば人物の髪がバックよりもひっこんで見えたり、切って貼ったように見えたりしている。デッサンの場合は、ものの向こう側まで見えて描けているのに。個性などを追う必要はなく、ものを見たとおりに描けばよい。
なにかゾッとするものがあっていいと思う。赤い布に女性の執念のようなものがムラムラと伝わってくる。〝赤い布の静物〟にはサインと日付を入れて、個展に出品したと描いてとっておきなさい。うまいサインだから。歴史の一ページになります。布や油壺が見る人に語りかけ、見た人が感動して、語ってくれるものです。一％でもすばらしい絵があるのはいいことです。個性を出そうとかしなくても、物をよく見て、その物の心を出せればそれであなたのものになります。Bさんの場合、顔もいいし、髪もいいし、服もいいが、全部がバラバラで切り紙のようである。油絵でデッサンをしなさい。周りの空気があるように。

——SN先生（個展で）

7／2

甘えることと、自分を甘やかすことをしないようにしなさい。いつか必ず親元から飛び立つのだということを常に頭に置いておきなさい。

本当にすばらしいです。なっかなかこんなに描けるものじゃありません。

小説の方も、一気に読んじゃった。誤字脱字はあるけれど、(読むのを) やめさせないものがあります。

——SR先生

7／3

亮子さんは、体はほんとに華奢で弱そうなのに、これは、強い絵ねぇ。

——MR先生

フローラの前にきた時、笑いたくなっちゃった。どうしてこんな顔して怒ってるのって。〝女学館の思い出〟の絵が一番好きです。

——Y子さん

〈お坊さんの絵について〉これは年齢不詳の絵だわね。若いのだか、年を経た僧侶なのだか分からない。十六でこういう絵を描くというのは、なんというのかしら。

——S先生

7／3

絵はがきどうもありがとう。なんともいえず楽しかったです、二枚とも。とてもシロウトには描けません。やはりおけいこなさっている方は違うんだなぁと思いました。女の人の方は、嬢ちゃまに似ていらっしゃる。きれいな顔をしていらっしゃる。楽しんで描いて下さい。苦しんで描いちゃいけません。

——N先生

7／5

顔は入れるの無理ですね。初めに肩が上すぎちゃったのね。体とかを描いていく時、同時に輪郭線もフォローしていかないと、線だけを後から描くと不自然な線になりますから。こういう線で描いていった方が本物らしく見えるでしょう。プロポーションも足がちょっと長すぎです。一・五センチくらい下にしないと。足の輪郭とかもこういう感じでしょう。足はもうちょっと大きくないと、立てないよ。あくまでも直線として見てから曲線として見るように。

結局、まとまったじゃないですか。顔はなくっていいです。

〈このごろ描けなくて苦しいと言うと〉そんなことはないよ。

――K先生

7／19

いいですね。おもしろい。背中のへんの美しさを出そうとしているわけでしょう。この背中のリズムが顔の方にも続いていってほしいですね。鼻がちょこっと見えてくちびるがちょっと出ているへん。下の方は描かなくていいです。

足を布でフッと消してあるあたり、輪郭線だけでも描いてやるとよかった。それから、背中の表情、顔の表情の他に、さっき言うのを忘れたんだけれど後頭部の表情がほしかったです。まったく出ていないわけではないけれど。

——K先生

7／25

描くことよりも、自分をどうもっていくかがむずかしいです——というくらいの方がよい。うちの主人も肝臓を悪くした時は、三、四年小さな絵をちょこちょこっとしか描かなかった。気を太く持たないと。私がなんでもヘラヘラして見えるのは、そういう訓練をしているからです。自分との戦いです。

——O先生

8／7

……思うに人と人とのめぐり合い、ふれ合い、いろいろな出来事との出合いというものは、すべて人智の枠の外にあるものであり、〝天運〟というよりほかないものである。その、人と人のめぐり合い、事物との出合いに際して、いかに考え、いかに身を処していくかということが、人の能力というものであろう。してみると、自分が置かれたさまざまな人間関係や出来事などの環境のなかで、人は能力をふるって生きていくのだということであり……。

――K師

8／20

〈描き方を忘れちゃったみたいで、次にどう描いたらいいか分からないと言うと〉そんなことはないですよ。よく見て、物と絵を見くらべながら描いていけば、おのずと描けていくはずです。よく見て。

さっきよりも、しっかりしてきたでしょう。あせらずに、仕上げようと思わなくてもいいから。途中でも段階としてしっかりしていればよいんです。

右腕の所、あんなに黒くないはずだから、次のポーズの時、見てごらん。腕とか足とかおなかの黒い所、気になります。目を細くして見ても、浮き上がって見えるでしょう。もっと明るくていいはずです。この場合。

——K先生

8／23

上半身がつまって見えます。短いのか太いのか。

形はだいぶよくなりましたね。こういう風に決めつけた線で引かないで、無駄な線をたくさん引くことで自然に調子をつくっていくといいですね。

今は、無理に調子をつくっちゃっているでしょう。こう、だいたいの形から線をたくさん引いて。せっかちに描くとかえってどうどうめぐりのくりかえしになってしまって、なかなかできません。ゆっくりと丹念にやると、かえって早くできます。

——K先生

9／2

まず線で描いていって下さい。何回でも消して描き直すつもりで、軽い線で描いていって下さい。

この場合、瓶でできる三角形を、物の所も空間の所もいっしょに描いていって下さい。この絵の場合、この三角形と、花の瓶のデコボコが最も重要ですから。ここまで描けたら、今度は質感とか出していって下さい。甘くなったらまたもとの描き方をするように言います。

——O先生

9／7

下塗りの段階としては。今度、人形や物など細い所をやっていけば、今は単純すぎるけど。構図はうまくいきましたね。

——K先生

9／9

口では説明できないので、描いてみます。

〈描く〉一つの物を見るのではなく、常に画面全体を見ながら。布で消しながら、少しでも違ったらドンドン動かしていくつもりで。動かしながら、ここしかないという場所を見つけていきます。あなたの絵の場合、物に対しては非常に厳しいけれど、バックに対しては考えていないわけです。しかし、バックには非常に厳しい意味があるわけで、平塗りにする時でも、同じ意味を持っているわけです。画面全体を見ずに物だけを見ながら描いていると、絵が元気なく、チマチマしてしまう。目というのは不思議なもので、この花一つを見ているといったいどうやって描いたらよいか分からないのに、他の二つの物とたえず比較しながら描いていると、見えてくる。絵が生きています。すごくきれいになった。ムードがあってムーディーだから、すごくいいというけれど、デッサンとして見ると、いまいちです。花の位置が狂っている。でも、生き生きしていてたいへんいいです。

公募展に出したりするのは、お坊さんの絵のような、〝あなたの絵〟でなければなりません。でも、同時に、このような描き方も分かっていてほしいのです。予備校に長く行ったりするとよくないというのは、〝あなたの絵〟がなくなってしまったり、取り戻すのに大変な苦労をしたりするからです。大学だって、中途でやめちゃう人はいっぱいいます。なんだ、くだらないと言って。あなたには中途退学しろとまでは言わないけれど。

この次は、もうちょっと質感を出すようにしながら、描いていって下さい。

――O先生

一番近い所を見たら常に一番遠い所を見るように。色などは、描いていくうちに徐々に決まっていきますから、はじめの探るうちはあまり考えなくてよいです。

——O先生

9／13

さっきから見ていたんだけれど、少しこすりすぎです。もっと線が残るように描いていった方がよい。

——K先生

9／14

自分を大切にできない人が、他人を大切にできるわけはありません。自分の結婚相手を選ぶのに、これだけ懸命になれる人なら、他のことにも間違いがないと思って主人に決めたんです。

——S先生

9／20

自分で下手になったと思っているだけでしょう。カラを破ったらいいんです。集中力、持続力という点では女の人は男の人にどうしてもかないません。だから、コントロールできるようにならなければいけません。

——N先生

線を重ねていくことによって、調子を作っていくこと。足のあたりも、こう決めつけた線で描かないで、もっと楽な線で描いていくといいです。模様がおもしろく、紺と白の違いの感じがよくでました。顔と手もちゃんと描くといい。

——K先生

9／21

筆は一本の筆を筆洗いで洗いながら使うのではなく、何本も使うのがいい。そうしないと、後で見ると色がにごって汚くなる。

巧い人のは後で見ようと思っていたんだ。バックのここの所を汚したのは、すごくうまくいっている。そのせいでバックがスッと後ろにさがって見える。

ところが、この右と左は物よりもバックが出っぱって見えてしまう。強すぎる。絵で一番重要なのは物が描きたい位置に描けるということだ。描きたい位置よりも出っぱって見えたり、ひっこんで見えたりする。勘なんだけれども、そうではなく、常に他のものとくらべながら、描きたい位置にピシッと物がくるように。デッサンをやったことがあるでしょう。あれは白紙のままで、物の所だけ汚すわけだけれども、よく描けたデッサンというのは、バックがスッと入って、物よりも向こうに見えるでしょう。こういう所に習いにきている人のメドとして、そのデッパリ、ヒッコミ、中くらいが、自分で見て分かって、そして描けるようになれば、もう卒業だね。バックが大切なんだよ。
もっとやれば、ドンドン伸びる。そう思うよ。絵を見た感じからして。
――OT先生

9／24
バックというのは、バックの壁がどのくらい後ろにあるのか、あるいは無限大に遠いのかを絶えず心に置きながら描かないと、見る人にバックがどこまであるのかが分かりません。無限大の場合は、テクニック上簡単で、下をやや明るく、上にいくにしたがって暗くすれば、スッと向こうに行きます。
――O先生

9／26
あなたの持っている一番大きな間違いは、皮膚病のないきれいな肌で、目鼻立ちがよくって、きれいな人が一番だと思っていることです。目がきれいで六十歳になった時、どんな顔になるかということです。そのためには、人の言うことをよく聞くこと、観察することです。観ることです。

——S先生

9／27

〈寝ポーズの場合〉足と顔が描いていないと、目を左から右に移した時、スポッと抜けて見えてしまいます。ちゃんと足と顔を描かないと。この間も言ったけど、細い線を重ねていって調子を作ること。木炭は、向きを変えながら、線の方向にそって向きを変えながらやらないと、いくら軽くやっても細くならないよ。

平野さんは、もう見えるんだから、テクニック上の問題として木炭の向きを変えて細い線が引けるようにすることです。他のことは考えなくていいから、それだけ考えてやって下さい。

——K先生

9／30

絵は人とくらべて勝とうと思ってはダメです。自分の中から出てくるものを大切にしなければ。欲張ってはいけません。

——N先生

かたまりとして見て、壺の絵の場合、二つの物ではなく、一つの物になってしまっています。だから、三角形の構図に物を置いたよりも、よく見えません。三角形の方がきれいでしょう。物の置き方からして重要なわけです。だから学校なんかでは、一日くらいかけて、置き方を決めます。でも、壺の絵の左側だけ見てごらんなさい。すごいきれいで三角形の絵よりもきれいです。セザンヌなみです。だから壺をもっと右に寄せてはなすか、もっと向こうにやるかして二つの物にし、もっと質感とかたさが出るまで描いてごらんなさい。

——O先生

三角構図というのがあるでしょう。正三角形にすると宗教画なんかにいいんだけれど、少しくずすと静物画なんかにいい構図です。

——O先生

おっかなびっくりやると色がにごります。自信持ってやるときれいな色になります。

——O先生

10／7

芸の道というのは、平坦な坂道を昇るようにはいきません。スランプのような進歩しない時期があって、それからフッとしたきっかけで上に上るものです。

初心に帰りなさい。ものの形の正確な線を求めなさい。イメージではなく、現実のもののそなえているものの美しさを求めなさい。

――N先生

描かなくてよい所（省略する所）と、神経を集中して丁寧に描かなければいけない所とがあります。セザンヌがある部分はまったく描いていないのに、非常に空間やボリュームを感じさせる絵があるように。

たとえば、この壺なんかは、手前の口は丁寧に、よく見て描かねばなりませんが、口の向こう方はスッと省略しちゃっていいのです。

――O先生

10／11

〈水彩画について〉おもしろい。よくなりそうじゃないですか。

10／18
〈水彩画について〉いいですね。この調子でやっていって、慣れていくといいです。もうしばらく水彩画をやって。こんな目や肩のあたりなんか、なかなか青なんて使えないんだけれど。油絵の場合も、これでもっとマチエールが厚くなったようなのが描けるといいですね。

——K先生

10／25
〈水彩画について〉黒が最後まで響きましたね。最初に黒使っちゃうから苦労しちゃう。黒は強すぎるから、黒じゃなくて焦げ茶くらいにするとよかったです。バックの左方、黒が混じって色が濁っちゃったね。

——K先生

10／28

〈下描きの時〉こうやってビヤッビヤッと描いているけれども、これはこうしないと全体の空間を逃してしまうからであって、いつでもこう描かなければいけないのではありません。どんなに細かくシコシコ描いたっていいんです。こういうやり方でやっていってだんだん細かくしていけば、正確無比な、写真のような絵にだってできます。

物の置き方の段階から絵は始まっています。何が描きたいのか、意図のはっきりしない絵であってはダメなわけです。この場合、三角形の奥行きを常に意識しているから、机があります。横にズラッとならんだ物を描く時は、レリーフにしちゃうわけで、物からの奥行きはせいぜい二十センチくらいにして、間を彫っていきます。

こういう風に、物を見ては、空間を見、空間を見ては、物を見るという風にしていきます。

——O先生

11／8
もっと（布で）強くはたいて目に入れるといいです。仕事の手順として、胸のへんの白い所は残しておいた方がいいですね。

――K先生

切に生きる。全――情熱↓愛

――S先生

11／11
右端の赤い布は初めからあったんですか。なかったんでしょう。私も学生時代に先生から言われたんですが、（構図の失敗をごまかすために）後から何かつけ足すのは絶対によくない、それならば、初めから検討し直すべきだということです。それからハイライトは一番最後まで残しておいて、最後の最後につけるとよいです。

――O先生

11／15

顔をもっと初めに描くとよかったですね。顔が少し描き足りないです。もっと構造をはっきり描いてよかったです。

体の方は、調子がバッグンにうまくいっているので、そっちの調子の微妙さに顔がついていけません。顔だけ軽くなってしまっている。足の方は描けなくてもいいから、顔を描くべきでした。

——K先生

11／18

あまり薄塗りにはしない方がいいと思います。男の人の絵というのは強いでしょう。薄塗りにすると絵が弱くなるから。

——O先生

お人を見ると、お嬢ちゃまだから、子供っぽいんだけれど、絵を見ると、もっと進んだ感じがするね。絵はやはり、心がきれいでないとダメでしょう。

――N先生

11／20

東京の人というのは、些細なことで悩む傾向があります。特に、あなたのように東京で生まれて育った人は、まめに旅行に出て、気を散らす必要があります。

〈イタリア・フランス・スペインに行きたいと言うと〉行きたいと、本気で思っていなさい。いつか行けるようになりますよ。

〈Y先生の絵について。たった一年間スペインに行っただけで、あんなにスペインの色――透明な――が出せるようになるのか、と言うと〉変わる人は一日でも変わりますよ。一ヵ月でも変わります。その人の目と脳に、どう働くかということです。

〈私のデッサンの方がよくて、油絵の方が良くないのは、あるいは、デッサンの先生の方が好きで、油絵の先生の方が好きじゃないからかもしれない。私のギュスタフ・モローに出会いたい〉序々に出会っていきますよ。人間からはある波長の電波が絶えず出されていて、波長の合う者同士が出会うようにできているんです。

〈本当はY先生に習いたいんだ。でも、あの先生は弟子はとらない〉そのことは、はっきり先生から確かめたんですか。風のたよりに弟子はとらないと聞いただけなんじゃないですか。もし本気でその先生の弟子になりたいのなら、先生から確かめて、はっきり先生に頼みこむんですよ。頼みこんでもどうしてもダメならば、縁がなかったと思ってあきらめるんです。そこまでしてから、あの先生は弟子はとらないと言うんですよ。また、それだけ気持ちがかたまってから行動するんです。

――S先生

11／22

〈クロッキー、寝ポーズ〉下の足が少し細いんじゃないですか。骨格の所、大切ですよ。ほら、骨盤の所で直角に面が折れているでしょう。ここの影がいらなかったのかな。

〈座って足を組んだポーズ〉いいですね。背中のあたり、描いていなくても、感じが出ています。

〈コンテを寝かして〉調子を少しつけたのだから、頭の所、光って白い所と暗い所の違いにも、つけた方がよいです。足の方を描くよりも先に。

——K先生

11／25
見ていると寂しい感じがします。このガラスの瓶が小さいからではないですか。小さすぎるとか、位置が狂っていると思ったらすぐに直せるように、初めから描きこんでしまったりせずに。どんどん直しながら描いていくことです。瓶を大きくすると机の線が上がります。机がぶ厚く塗ってある割に弱く感じられるのは、瓶の位置か形が悪いからかもしれない。

〈木炭画が好きであることについて〉木炭でも、もちろん作品になりますよ。一陽会に鉛筆の人がいるでしょう。好きな材料でやっていくというのは本当に大切なことで、そうでないとダメになります。アメリカに木炭しか描かない画家がいましたよ。やってごらんなさいよ。木炭でシコシコ画（細密描写）でやってごらんなさい。木炭でシコシコ描くなら、本当に写真みたいに。

——O先生

人はいつでも、陰と陽の考え方を選択しているわけですが、常に陽へ陽へとものを考えていくようにしないと、持って生まれた天分もダメにしてしまいます。そういう人は大勢いるでしょう。せっかく天分をもって生まれているのにダメにしてしまう人というのは。

——S先生

高い方の木炭紙は、ぶ厚く、かたくできているせいで調子を出すのに時間がかかります。

——K先生

十大弟子を描くのだったら、昔からの西洋の人物のポーズを研究しなければいけないよ。

朱を使うと急に生き生きするね。

——M先生

Y先生に習いたいのだったら、今のあなたのやるべきことは、Y先生の方から弟子にしたいと言い出すか、あなたの方から言い出して恥ずかしくないくらい、一生懸命描いていい絵を描けるようになることです。

——S先生

11／30

〝下者は口につき、中者は勢いにつき、上者は恨みにつく〟(下者は金や食物についていき、中者は勢いのある者についていき、上者は恨まれるような苦言を呈してくれる者についてゆく。)

大望を持ちなさい。大愛を持ちなさい。目先のことばかりに欲張りであってはいけません。私なんて口に出したら気狂いだと思われるような大望をもっていますよ。主人にも言っていないくらいです。

お母さまに、亮子さんは、気のハッと引かれる絵を描く人を(次から次へと)好きになっていくでしょう。と言ったんですよ。よく子供にいるでしょう。好きな先生の科目ばっかり勉強するのが。何のために絵を描いているんですか。好きな男の人のためにですか。そこをよく考えておきなさい。

――S先生

同じことをくり返すことが一番大切な修行です。

心というものは、一生に一ぺんぐらい経験したのでは駄目です。毎日毎日、くり返すことによって力が出てくるのです。……同じことを毎日、規則正しく、目的がなくてもいい。

〈想う、仏様の姿を想う〉それをやっているうちに、だんだん力が出てくる。心というものは、同じことを二年、三年、四年、ずっと続けたら必ず力が出てきます。その力が出るまでやらねばなりません。そこに修行がある。

——SR師（大僧正）

机が弱いですね。瓶が浮いて見えます。影の線が強いからかな。レモンは大変いいです。いろいろ言ったから少し分からなくなっちゃったのね。だから、しばらく、思うとおりに描いて下さい。

〈私は、よく見て、見えたとおりに描くことしかできないんです、と返答〉それでいいんですよォ。ただあなたの場合、瓶を描き出すと三時間瓶だけ描いちゃうから、机の方が弱くなっちゃうんです。時間制限で言ったら、二十分瓶を描いたら、二十分机を描き、二十分アジサイを描き、二十分ガス燈を描き、それからまた、瓶を描くというようにして下さい。この場合、真ん中の広場に面した部分が最も大切です。いくら厚塗りにしても、ガラスの透明感は出ます。

――O先生

12／3

（一陽会の）KYさんは、毎年違う絵を描くんです。私やMHさんは、少しずつ変えながら、同じ絵を何年も描いている。何年も描いていると、だんだんうまくなります。

ところが、毎年違うものを描くと、何年も描いた人と、強さの点で、どうしてもかなわないことが多いんです。KYさん、どうしたの、なんてみんなから言われると本人は落ちこむ、落ちこんで自信をなくすとますます描けなくなる。主人なんか、ボタンの花をもう五年描いているけれど、まだ、展覧会に出せるほどではありません。絵っていうのは、なかなか巧くならないんですね。だから、亮子ちゃんも、あせらない方がいいですよ。

——O先生

つれづれにでも、来年あたりは、絵を描いてみて下さい。来年には芽が出てくるはずです。三十四歳あたりから本当に芽が出るでしょう。四十歳ごろは健康に気をつけて、五十歳過ぎると、何と言うか、本当に、絵が描けるようになりますよ。

——S先生

12／5

〈卒業制作についての座談会で〉……もう十二年ぐらい前になりますが、

ちょうどスペインにいまして、ぼくの場合は最初から美術学校に入ったんではなくて、大学で建築の歴史を勉強していました。その頃まだ建築に進むか、絵画に進むかということで悩んでいた頃でもあったわけです。小さい時から自分で行ってみたかった場所、生きてみたかった時代、出会いたかった人々、そういうものを実現する方法はないかということをいつも考えていたんですが、それは具体的な建築による表現ではなくて、絵の世界の方がふさわしいんじゃないかということに気がついたのです。そこで留学先も建築でなく美術に変更しました。これから、ぼくも絵でやるぞというような岐路に立ったという点で思い出深く思っております。……

〈モチーフについて〉造形的に強いものであるとか美しいものであるということよりも、手近なものを描きがちですね。やはり少し努力して、何を描いたらいいか、自分で描きたいものと、モチーフとなるものとの間にもっと接点がないといけないのではないかという気がします。描き始めると思いつきで途中でずいぶん変更することになりますから、ある程度モチーフの選択の時点から、計画性を持つ必要がありますね。……やっぱり造形性の強いものでないと絵としてだめですよね。訴えかける力がない。……つまり、説明図ではなくて、自分の気持ちや感動をゆだねているというんでしょうね。……モチーフの選択にしても、その展開にしても、制作の上で時間や仕事をかなり犠牲にするぐらいの努力がないといけないんじゃないかと思うんですよね。ですから、早く描いてしまおうとか……この程度にしておこうということはないと思うんだけど。これは結構むずかしい問題ですね……。

〈幼稚さについて〉それはいえますね。たとえば、実技の指導が積み重なっているにもかかわらず、最初の時点と全く同じだったりします。卒業制作になると先祖返りになって、また幼稚になってしまうということもありますよね。……具体的にいいますと、実際にイーゼルを立てて山を描いていると、現実の山の迫力に圧倒されて、結局とらわれてしまって絵が小さくなるということがありますね。人でもそうかもしれない。むしろ画面におれはこういう山を描くぞということを押しつけた方がいい……。

――Y先生

著者プロフィール

平野 亮子（ひらの りょうこ）

1959年、東京都生まれ
東京都在住
著書に『花のように』（2020年　文芸社）、『星のミュージック』（2021年　文芸社）がある

翼あるもの

2023年10月15日　初版第１刷発行

著　者　平野 亮子
発行者　瓜谷 綱延
発行所　株式会社文芸社
〒160-0022　東京都新宿区新宿１－10－１
電話　03-5369-3060（代表）
03-5369-2299（販売）

印刷所　株式会社暁印刷

ISBN978-4-286-24530-0